新日檢 N3│標準模擬試題
解析本 目錄 ●

新日檢 N3 標準模擬試題
正解率統計表

第 1 回

測驗日期：_____ 年 _____ 月 _____ 日

	答對題數	總題數	正解率
言語知識（文字・語彙）	題	÷ 33 題 =	%
言語知識（文法）・読解	題	÷ 39 題 =	%
聴解	題	÷ 27 題 =	%

第 2 回

測驗日期：_____ 年 _____ 月 _____ 日

	答對題數	總題數	正解率
言語知識（文字・語彙）	題	÷ 33 題 =	%
言語知識（文法）・読解	題	÷ 39 題 =	%
聴解	題	÷ 27 題 =	%

第 3 回

測驗日期：_____ 年 _____ 月 _____ 日

	答對題數	總題數	正解率
言語知識（文字・語彙）	題	÷ 33 題 =	%
言語知識（文法）・読解	題	÷ 39 題 =	%
聴解	題	÷ 27 題 =	%

測驗日期：_____ 年 _____ 月 _____ 日

	答對題數	總題數	正解率
言語知識（文字・語彙）	題	÷ 33 題 ＝	％
言語知識（文法）・読解	題	÷ 39 題 ＝	％
聴解	題	÷ 27 題 ＝	％

測驗日期：_____ 年 _____ 月 _____ 日

	答對題數	總題數	正解率
言語知識（文字・語彙）	題	÷ 33 題 ＝	％
言語知識（文法）・読解	題	÷ 39 題 ＝	％
聴解	題	÷ 27 題 ＝	％

言語知識（文字・語彙）

1

① 2 生物——なまもの

② 4 植えた——うえた

③ 1 過ごした——すごした

④ 4 捨てて——すてて

⑤ 2 踊り——おどり

⑥ 4 驚く——おどろく

⑦ 2 表——おもて

⑧ 3 下り——くだり

⑩ 3 アイスクリームが手に垂^たれてきた。
冰淇淋滴到手上了。

⑪ 4 あの人のお嬢^{じょう}さんに会った。
和那個人的千金見了面。

⑫ 2 これは難度^{なんど}が高い。
這個難度很高。

⑬ 3 電車が空^すいている。
電車很空。

⑭ 3 部屋を片付^{かたづ}ける。
整理房間。

難題原因

① :
- 由漢字「生物」所構成的字彙有三個：
  (1) 生物（せいぶつ）：生物
  (2) 生き物（いきもの）：生物
  (3) 生物（なまもの）：生的食物
- 必須先根據前後文判斷是哪一個字彙，才能選對發音。

⑦ :
- 漢字「表」有兩種意義：
  (1) 表（ひょう）：表格、圖表
  (2) 表（おもて）：表面、正面
- 必須先根據前後文判斷是哪一個字彙，才能選對發音。

⑧ :「下り」（くだり）是相當特殊的用法，表示「車輛下行」。反義字是「上り」（のぼり：車輛上行）。

難題原因

⑪ :
- 「お嬢さん」（おじょうさん：令嬡、千金）是稱呼別人的女兒的禮貌說法，屬於日本人的常用表達，書本未必經常出現，但日本人普遍使用。
- 相似說法是「娘さん」（むすめさん：女兒）。

⑬ :
- 屬於中高級日語的字彙，可能很多人不知道漢字的寫法。
- 選項 1、2、3（好いて、透いて、空いて）的發音都是「すいて」，不能光從字彙發音作答，還必須掌握前後文語意才能選對答案。
- 此題的「空いて」是「人很少、空位很多」的意思。

2

⑨ 1 大学の単位を落^おとした。
沒有修到大學的學分。

3

⑮ 3 起飛之前檢查安全工作。
1 拉鍊
2 保持
3 檢查

4 呼籲

⑯ 1 **對客戶要投入真心去服務。**
1 真心
2 真心話
3 感覺
4 真實

⑰ 3 **爽快地剪掉長髮。**
1 たっぷり：充分的樣子
2 ほんのり：稍微、一點點的樣子
3 バッサリ：爽快的樣子
4 すっぽり：全部覆蓋的樣子

⑱ 3 **他對社長提出建議。**
1 開發
2 敗露
3 提出建議
4 訓話

⑲ 4 **沒有情人的他聽說相當喜歡換女朋友。**
1 確實
2 適合
3 親切
4 相當

⑳ 3 **這個魔術很受觀眾歡迎。**
1 勁頭
2 還禮
3 受けがいい：受歡迎
4 強行

㉑ 1 **祈求旅途平安無事。**
1 祈禱
2 咒罵
3 思考
4 考慮

㉒ 4 **確認是否還有庫存。**
1 倉庫
2 剩下的東西
3 賣剩的貨品
4 庫存

㉓ 4 **部長老是囉哩囉嗦地煩人。**
1 ふにゃふにゃ：軟呼呼的樣子
2 へらへら：喋喋不休的樣子
3 げらげら：哈哈大笑的聲音
4 ごちゃごちゃ：囉哩囉嗦的樣子

難題原因

⑰㉓：
● 屬於「擬聲擬態語」的考題，4個選項的「擬聲擬態語」都有難度。
● 而且這種考題最大的困難點在於即使知道其中一兩個「擬聲擬態語」，也未必有助於答題。因為考點可能剛好在你所不知道的選項。

⑲：比「相当」更口語的説法是「かなり」（相當、頗），因此可能很多學習者知道「かなり」，而不知道「相当」。

4

㉔ 2 **つらい —— 辛苦的**
1 輕鬆的
2 艱難的
3 冷靜的
4 客觀的

㉕ 1 **参った —— 叫人為難**
1 令人為難
2 交往
3 被幫助
4 為別人做好事

㉖ 3 **くたくた —— 筋疲力盡**
1 精力充沛
2 生病
3 疲累
4 吃飽

言語知識（文字・語彙）

㉗ 1 **律儀 —— 禮儀端正的**
   1 禮儀端正的
   2 合乎常識的
   3 頭腦聰明的
   4 早睡早起

㉘ 4 **ひっくりかえした —— 顛倒**
   1 便宜買到
   2 高價賣出
   3 整理乾淨
   4 顛倒

難題原因

㉕：「参る」（まいる：叫人為難）屬於中高級日語的字彙，課本未必出現，但日本人普遍使用。

㉖：「くたくた」是「擬聲擬態語」，意思是「筋疲力盡的樣子」，如果不知道正確意思就無法作答。

難題原因

㉜：
● 「いまだに」是屬於中高級日語的字彙，可能很多人不知道正確意思和用法。
● 常見的相似說法是「今もまだ」（現在也仍然）。

㉝：
● 「あくまで」是屬於中高級日語的字彙，可能很多人不知道正確意思和用法。
● 常見的相似說法是「最後まで」（直到最後）。

5

㉙ 4 **かざる —— 裝飾**
在花瓶裡插上花來裝點。

㉚ 4 **おかげ —— 幸虧、托…的福**
幸虧有很多人的支援，才得以復興。

㉛ 3 **盛ん —— 盛行**
巴西足球很盛行。

㉜ 3 **いまだに —— 至今仍然**
他至今仍然沒有手機。

㉝ 1 **あくまで —— 徹底**
她徹底貫徹信念。

言語知識（文法）● 読解

1

① 4 **如果是家庭料理，不論是日式、西式或中式料理都會做。**
1 何も：什麼也…（後面通常接續否定表現）
2 何にも：對什麼也…（後面通常接續否定表現）
3 何とも：什麼也…（後面通常接續否定表現）
4 何でも：不論什麼都…

② 2 **關於你說的那個人，我並不認識。**
1 この人：這個人
2 その人：那個人
3 あの人：那個人
4 どの人：哪個人

③ 1 **她對部屬的態度與其說是教育，不如說是欺凌。**
1 …と言うより：與其說…不如說…
2 …のみならなく：不只…還有…
3 …しているから：因為正在做…
4 …だけではなく：不只是…

④ 4 **萊特兄弟即使幾經挫折，最後還是成功了。**
1 挫折することなく：沒有受挫
2 挫折せずにはいられないほど：不得不受挫的程度
3 挫折するほどだったので：因為在當時是會受挫的程度
4 挫折したにもかかわらず：即使受挫

⑤ 3 **雖然沒錯，但是我無法認為他的處理方式是恰當的。**
1 間違ってはいるが：雖然有錯，但是…
2 間違っていそうだか：是不是好像是錯的
3 間違ってはいないが：雖然沒有錯，但是…
4 間違っていないのに：明明沒有錯（「のに」後面通常接續意外的事情）

⑥ 2 **未滿20歲不得喝酒。**
1 …までも：連…也…
2 …までは：…之前
3 …まだ：（無此用法）
4 …までに：在…期限內（針對做完某個動作的期限）

⑦ 2 **學校畢業之後，往後要如何生存就要靠自己決定。**
1 前は：之前
2 先は：往後
3 …までが：在…之前是
4 後ろは：後面

⑧ 4 **不知道耐震結構是否真的安全。**
1 …なので：因為…
2 …でないとは：不是…這件事
3 …であっても：即使是…
4 …かどうかは：是否…

⑨ 1 **我看過像飛碟一樣的東西。**
1 …みたいなもの：像…一樣的東西
2 …のように：像…一樣地（後面接續動詞）
3 …ようなもの：像…一樣的東西（正確接續是「名詞＋の＋ような＋もの」）
4 …らしく：像…一樣地（後面接續動詞）

⑩ 1 **電池沒電了，想打電話也打不出去。**
1 電話をかけたくても：想打電話也…
2 電話をかけたいので：因為想打電話
3 …をかかってみるけど：（無此用法）
4 …をかかってきて：（無此用法）

⑪ 3 **很多孩子從小學開始就被迫上補**

言語知識（文法）• 読解

習班，真是可憐。

1 …に行きたくて：想要去…

2 …に行かれて：被某人拋棄，對方先走了

3 …に行かされて：被迫去…

4 …に行かせて：讓別人去…

⑫ 2 顧客「領帶賣場在哪裡？」
店員「在四樓。」

1 …にいらっしゃいます：有人在…（「います」的尊敬語）

2 …にございます：在…地方

3 …にです：（無此用法）

4 …に行ってください：請去…

⑬ 2 因為下雨的關係延期了。

1 …のこと：有關…的事情

2 …のとき：…的時期

3 …のほう：…的方面

4 名詞＋の＋せいで：因為…的關係，導致不好的結果

難題原因

②：

●「この」「その」「あの」這三個指示代名詞看似簡單，但使用上也有難度，和中文「這個」「那個」的用法未必相同。

●此題是測驗「この」「その」「あの」很細微的語感。跟日本人交談時，用選項 1、3 對方可能也聽得懂，但是語感上來説，選項 2「その人」才是最正確的。

⑩：必須知道「動詞たい＋く＋ても…できない」或是「動詞たい＋く＋ても…れない」這種表示「即使想做…，（因為某種原因）也無法做…」的用法，才能正確作答。

⑪：必須理解「被動形」和「使役被動形」的差異。

2

⑭ 4 次に 3 来る 1 時は 4 あらかじめ 2 連絡して ほしい。★

希望下次來時事先聯絡。

解析

● 次に来る時（下次來的時候）

● あらかじめ連絡する（事前連絡）

● 動詞て形＋ほしい（希望別人做…）

⑮ 4 前回は 4 負けたが 1 今回は 3 そうは 2 いかない。必ず勝つ。★

雖然上次輸了，但是這一次可不能這樣。一定要得勝。

解析

● 前回は負けたが（雖然上次輸了但是…）

● そうはいかない（不能這樣）

⑯ 4 日本人 3 以上に 2 日本語が 1 上手な 4 外国人が たくさんいる。★

有很多外國人日語講得比日本人好。

解析

● 名詞＋以上に（比…還要…）

● 日本語が上手な外国人（日文流利的外國人）

⑰ 3 色々と 1 お世話に 3 なったので 2 高価な 4 お礼を おくることにした。★

承蒙多方關照，所以決定贈送昂貴的禮物。

解析

● 色々とお世話になった（承蒙多方關照）

● 高価なお礼（昂貴的禮物）

● 名詞＋を＋おくることにした（決定送…）

⑱ 3 この　2 遊園地は　4 大人から
★
1 子供まで　3 みんなが　楽しめる。

這間遊樂園從大人到小孩，大家都能盡情享受。

解析

● 大人から子供まで（從大人到小孩）

難題原因

⑭：要知道「あらかじめ」（事先）這個副詞的意思，才可能答對。

⑮：要知道「そうはいかない」（不能這樣）這個慣用表現，才可能答對。

3

⑲ 3 1 怪死：離奇死掉
2 決死：決心死掉、敢死（只能做名詞使用）
3 必死に：拼命
4 急死：暴斃

⑳ 2 1 捨てるから：因為要丟掉
2 捨てるなら：如果要丟掉的話
3 捨てるので：因為要丟掉
4 捨てるまで：到丟掉為止

㉑ 4 1 …と思っている：一直覺得…
2 …と思わない：不認為是…
3 …と思わせる：讓人覺得是…
4 …と思われる：被認為是…

㉒ 1 1 なにかの拍子に：搞不好某一個原因造成…
2 調子：情況
3 様子：樣子
4 因子：因素

㉓ 2 1 穴場：一般人不知道的好地方
2 本場：發源地
3 広場：廣場
4 馬場：練馬場

難題原因

⑲：從漢字猜測，容易誤解「必死」的真正意義。

㉒：必須知道「なにかの拍子に」的表現方式及意思，才能正確作答。

---

4 (1)
㉔ 3 **食物消化完之後。**
題目中譯　「飯後」的意義如何解釋比較適當？

(2)
㉕ 4 **不知道達人所做的動作其實並不簡單。**
題目中譯　根據作者的說法，外行人覺得達人的動作是怎麼樣的？

(3)
㉖ 1 **日本料理活用素材，營養豐富，要少量攝取。**
題目中譯　如果歸納作者所說的日本料理，以下何者正確？

(4)
㉗ 4 **請顧客進行測試。**
題目中譯　顧客來訪時，田中先生必須做什麼？

言語知識 (文法) • 読解

㉖ :
- 必須一一確認文章中的答題線索，並刪除錯誤選項。
- 選項 2、3、4 的前半段敘述與文章內容相關，但後半段敘述和文章內容不相關。

㉚ :
- 屬於閱讀全文後，要有能力歸納、並正確掌握作者想表達的重點，才可能答對的考題。文章的閱讀力和理解力都要好。
- 答題關鍵在於「人間として生きている限り〜ものに過ぎない。」這一段話。意思是「只要人活著，幸或不幸都是暫時的」。整段所傳達的意思就是：人只有活著時才有幸或不幸，在死掉後這些都會消失，所以幸或不幸都只是暫時的」。

㉜ :
- 屬於閱讀全文後，要有能力歸納、並正確掌握作者想表達的重點，才可能答對的考題。文章的閱讀力和理解力都要好。
- 答題關鍵在於「また「そんな外見〜だからである。」這個部分。
- 作者的論點是「內在是本來就具備的，去強化內在是沒有意義的」。

5

(1)

㉘ 3 **因為大吉被平均化了。**
[題目中譯] 當抽中的籤詩內容都是大吉時就失去了價值，原因是什麼？

㉙ 4 **因為把許多的幸福視為理所當然的事情，忽略掉了。**
[題目中譯] 作者覺得有人感受不到幸福的原因是什麼？

㉚ 4 **因為人總有一天會死亡。**
[題目中譯] 作者為什麼說「幸或不幸都只是暫時的」？

(2)

㉛ 2 **要不要整型是個人自由，並不是那麼重要的事情。**
[題目中譯] 作者對整型有什麼看法？

㉜ 3 **具備這些要素是很正常的。**
[題目中譯] 作者對知性和教養有什麼看法？

㉝ 1 **心靈美麗的人的臉是充滿魅力的。**
[題目中譯] 以下何者符合作者的論點？

6

㉞ 4 **覺得是現實世界中不可能會有的離譜發展。**
[題目中譯] 看到①變成很溫柔而且獨一無二的好友的故事發展，作者有什麼感想？

㉟ 3 **因為堅信壞人和好人從根本上就是不一樣的。**
[題目中譯] 文章提到，②實際的答案實在是令人意外，為什麼會這樣想？

㊱ 1 **因為只看表面的作為。**

題目中譯 為什麼③壞人看起來像好人？

㊲ 4 **保有一顆感受美好事物之美的心。**

題目中譯 為了變成『能夠做出罪大惡極的壞事的人，一旦改過後，也能做出大善事』的人，需要什麼東西？

難題原因

㉟：

● 屬於閱讀全文後，要有能力歸納、並正確掌握作者想表達的重點，才可能答對的考題。文章的閱讀力和理解力都要好。
● 作者原本覺得父親應該也不認同「壞人會變成好人」的觀點，但是父親卻說出那種事情會發生這種出乎意料的答案。

---

7 ㊳ 4 **外國人不可以使用護照以外的身分證件。**

題目中譯 關於內容，以下敘述何者是錯誤的？

㊴ 2 **在平日的下午3點前往電視窗口接待處。**

題目中譯 以下何者是陳先生不能做的事情？

難題原因

㊴：

● 答題關鍵在最後一段「平日９：００〜１２：００は外国人の方も…郵送で申し込んで下さい。」這裡明確規範外國人前往電視窗口辦理的時間，所以陳先生不能在平日下午３點前往。
● 如果忽略了最後很細微的關鍵資訊，就可能答錯。

聴解

1

1 番——2

男の人が、女の人の作った資料を見ています。女の人は図をどうしますか。

男 明日の会議の資料は、もうできたかな。

女 説明のほうは大体できたんですが、図はまだ描いてるんです。

男 最後の結論のところがちょっとわかりにくいから、もっとわかりやすくしてね。

女 はい。すぐ直します。

男 図は、今はまだ描かなくてもいいよ。来週になると最新の資料が届くから、それから描いてもいいよ。

女 でも、会議は明日ですよ。

男 古い資料で図を描くぐらいなら、描かないほうがいいと思う。

女 はい。

男 それから、この最後のデータ表の字をもっと大きくしておいて。

女 はい。

女の人は図をどうしますか。

解析

● …をわかりやすくする（使…容易理解）
● ちょっとわかりにくい（有點難理解）

難題原因

● 答題的關鍵線索分散在整篇文章中，要仔細聆聽各個細節並一一記録下來。
● 要注意題目問的是「圖的部分如何準備」，答題關鍵有兩點：
  (1) 図は、今はまだ描かなくてもいいよ。来週になると最新の資料が届くから、それから描いてもいいよ。
  (2) 古い資料で図を描くぐらいなら、描かないほうがいいと思う。
● 根據上述兩點表示男性希望女性使用下週送來的新資料畫圖。

2 番——4

店員とお客が話しています。店員は何をプレゼント用の包装にすればいいですか。

男 これとこれは、一緒に包みますか。

女 このコップは、全部一緒に入れてください。でも、このお皿は、全部別々にしてください。

男 プレゼント用の包装にしますか。

女 コップはプレゼント用の包装にしてください。お皿は、この黒いのとピンクのはプレゼント用の包装にして、そのほかのは普通の包装でいいです。

男　ええと、白いお皿三枚は普通の包装で、そのほかのをプレゼント用の包装にすればいいんですね。

女　ええ。

店員は何をプレゼント用の包装にすればいいですか。

解析
- 別々にしてください（請分開包裝）
- 需要送禮用的包裝：杯子、黑色盤子、粉紅色盤子
- 普通包裝的：三個白色盤子

3番──4

夫と妻が話しています。夫は、何を買わなければなりませんか。

女　ねえ、ちょっと買い物に行ってきてくれる？

男　うん。

女　魚の切り身4つとたまねぎ2つ、それからにんじん3本、唐辛子1パック、大根1本ね。

男　たまねぎは、冷蔵庫に使いかけが1つあったと思うけど。

女　じゃ足らない分買えばいいわね。

男　それと、唐辛子は、そこに何本かあるよ。

女　あ、そうね。じゃいらないわ。

男　大根は、庭に植えてるのがそろそろ食べれるんじゃないかな。

女　そうね。

夫は、何を買わなければなりませんか。

解析
- 魚の切り身（切開的魚肉）
- 使いかけ（使用一部分、沒用完的）
- 足らない分買えばいいわね（只要買不夠的部分就可以了）
- そろそろ食べれるんじゃないかな（不是差不多可以吃了嗎？）

難題原因
- 答題的關鍵線索分散在整篇文章中，要仔細聆聽各個細節並一一記錄下來。
- 女性一開始提出要買四片魚切片、兩顆洋蔥、三根紅蘿蔔、一包辣椒、一根白蘿蔔。
- 男性對女性的購物清單提出以下意見：
家裡還有沒用完的洋蔥一顆、幾根辣椒、種在庭院的白蘿蔔差不多可以收成。
- 針對男性的意見，女性重新調整購物清單：
(1) 四片魚切片、三根紅蘿蔔都按照原定數量購買
(2) 洋蔥改成買一顆
(3) 辣椒、白蘿蔔不買

4番──2

教授と助手が話しています。助手が二番目にしなければならないことは、何ですか。

男　今度の討論会で使う資料を作ってほしいんだ。

聴解

女 このまえ先生がおっしゃっていたものですね。

男 うん。エクセルで作成して、プリントアウトして、ホッチキスでとじてほしいんだ。

女 わかりました。そのデータをいただけませんか。

男 データは倉吉教授の所にあるんだ。

女 わかりました。では、私が借りてきます。

男 でも、倉吉教授は今日はいるかどうかよくわからないなあ。電話で確認してから教授の部屋に行くといいよ。

女 はい。

助手が二番目にしなければならないことは、何ですか。

解析
- エクセル（Excel 表格）
- プリントアウトする（列印）
- ホッチキス（釘書機）
- とじてほしいんだ（希望別人幫忙釘起來）
- 助理要做的事情依序為：打電話確認倉吉教授在不在→前往倉吉教授的研究室→製作 Excel 表格→列印→用釘書機釘起來

5 番—4

夫と妻が話しています。夫は、明日自転車

をどこに置きますか。

男 明日は会議で本社に行かないと行けないんだ。でも、本社って行ったことないんだ。

女 どこにあるの。

男 広岡駅の近く。西浜口駅まで自転車で行って、広岡駅まで電車に乗ろうかと思ってる。

女 でも、自転車だったら、西浜口駅は不便だよ。自転車置くところがないから。それだったら、一つ次の浜口駅まで自転車で行ったほうがいいよ。

男 あそこの駅裏の自転車置き場、けっこう高いよ。

女 あそこの駅前のスーパーの駐車場に置けばいいのよ。お金はいらないわ。

夫は、明日自転車をどこに置きますか。

解析
- 本社（總公司）
- 自転車置くところがない（沒有停腳踏車的地方）
- 一つ次の浜口駅まで自転車で行ったほうがいい（騎腳踏車到下一站的浜口站比較好）
- 自転車置き場（腳踏車停車場）

6 番—4

男の人と女の人が話しています。男の人

は、どの交通機関にどの順番で乗りますか。

男 塩釜温泉に行こうと思うんだけど、どうやって行ったらいいかな。

女 飛行機に乗らないと行けないわ。

男 飛行機降りてからは、何乗るの？

女 飛行機降りて、バスで３０分よ。あ、今日は休日だから、バスは１日３便しかないわね。タクシーに乗るほうがいいと思うわ。空港まではタクシーが早いけど、高いからバスがいいと思うわ。

男 そうだね。それで、向こうで乗るタクシーは、いくらくらいかかるかな。

女 ２０分くらいだから、２０００円もあれば足りると思う。

男の人は、どの交通機関にどの順番で乗りますか。

解析
- １日３便しかない（一天只有三班車次）
- 休日（假日）
- 向こう（那邊，在此指搭飛機抵達後的地點）
- 女性提出前往塩釜温泉必須搭乘飛機，下飛機後再搭30分鐘的公車，但因為今天是假日，公車一天只有三班，所以建議男性搭乘計程車比較好。
- 前往機場的話雖然計程車比較快，但是很貴，所以建議搭公車到機場。
- 男性詢問搭飛機抵達後要搭計程車的話需要多少錢，這個部分是陷阱，要注意並不是指從家裡出發到機場要搭計程車。

2

1 番—2

男の人と女の人が電話で話しています。男の人は、なぜ今日女の人に会いませんか。

女 今晩、一緒に渋谷で食事する約束してたでしょう。どうする？

男 今日はやっぱりちょっと…

女 ちょっと何よ。

男 まだ会社にいるんだから、遅くなるよ。

女 それでもかまわないわ。待ってるわ。

男 実は、上司に資料の作成を頼まれたんだけど、あさってまでに作らないといけないんだ。明日の朝も早いんだ。今日は疲れたくないから、早く帰って寝たほうがいいと思う。週末には会えるから、待ってくれるかな。

女 仕方ないわね。

男の人は、なぜ今日女の人に会いませんか。

解析
- 帰れそうにない（可能不回去）
- やっぱりちょっと…（果然還是有點…）

15

聴解

- それでもかまわないわ（那樣也沒關係啊）
- あさってまでに作らないといけない（必須在後天之前做完）

2番—4

男の人と女の人が話しています。男の人は、どんな理由でこの候補に投票することを決めましたか。

女 今度の県知事選挙、誰に投票することにした？

男 まだ誰に入れるか決まってない。

女 じゃ、君島候補に入れようよ。現職候補はあまりよくないと思うの。彼に任せてもだめだよ。彼は保守的で、革新がないから。

男 でも、君島候補は危ないよ。彼に任せてもよくなるとは限らない。

女 でも、変化がないよりはましだと思うの。彼は革新的な考え方を持ってるから。彼にやらせてみようよ。

男 うーん。それもいいかもね。じゃ、そうするよ。

男の人は、どんな理由でこの候補に投票することを決めましたか。

解析

- 今までと違ったことをしてくれそうだ（好像會替我們做出和目前為止不一樣的事情）
- 候補（候選人）
- 彼に任せてもよくなるとは限らない（即使交給他也不見得會變好）
- 変化がないよりはましだと思う（我覺得比沒有變化好）

難題原因

- 對話中女性和男性針對候選人各自提出看法，必須一一筆記下來分析。
- 而且所記住的，未必剛好和選項的敘述方式完全一致，必須完全聽懂內容，並且自己融會貫通才能正確作答。
- 答題的關鍵線索有兩點：
  (1) 変化がないよりはましだ（比沒有變化好）
  (2) 革新的な考え方を持ってる（具備革新的想法）
- 男性聽完女性所說的上述兩點後，覺得不錯，所以決定投票給女性所說的候選人。

3番—2

男の人と女の人が、クラス会について話しています。二人はなぜこの店に決めましたか。

女 クラス会どこでやる？

男 中華料理の揚子江はどう？

女 あそこはおいしいけど、量が少ないよ。

男 じゃ、日本料理の東海道かな。

女 あそこは味は普通だけど、量は多いよね。

男 クラス会来る人たちは、味は気にしないけ
　　どたくさん食べたい人ばかりだよ。

女 だったら、東海道でいいんじゃないかな。

男 そうだね。

二人はなぜこの店に決めましたか。

解析
- クラス会（同學會）
- 質より量（比起食物的品質更重視份量）
- 味にうるさい人（對味道很挑剔的人）
- 味は気にしない（不在意食物好不好吃）
- たくさん食べたい人ばかりだ（都是想要吃很多的人）

難題原因

- 答題的關鍵線索在於男性所説的：「クラス会来る人たちは、味は気にしないけどたくさん食べたい人ばかりだよ」（來同學會的人，雖然不在意食物好不好吃，但是都是想要吃很多的人）這個部分。
- 聽懂這段敘述後，還要能夠從4個選項中判斷出哪一個選項和這句話要表示的內容相同，才能正確作答。
- 選項2的「質より量」的真正含意是「不在意食物好不好吃，但是想要吃很多」。

4 番―1

女の人と旅行会社の店員が話しています。女の人は、なぜ6月23日のチケットにしましたか。

女 6月13日の大阪行きを予約したいんですが。今なら、一ヶ月前の予約だから、

4割引になりますよね。

男 あ、その日はもう予約がいっぱいなんですよ。今でしたら、6月11日までか、6月23日以降ですね。

女 6月11日でしたら、往復いくらになりますか。

男 もう一ヶ月ありませんので、5万4千円になります。

女 でしたら、6月23日のをください。

男 かしこまりました。

女の人は、なぜ6月23日のチケットにしましたか。

解析
- 4割引（六折）
- 予約がいっぱいなんです（預約額滿）
- 往復（來回）

5 番―2

男の学生と女の学生が話しています。男の学生は、なぜ山本貿易にしましたか。

女 どの会社に行くことに決めたの？

男 山本貿易。

女 でも、杉原トレーディングのほうが大きい会社じゃない。

男 会社が大きいかどうかは関係がないよ。

17

聴解

小さい会社でも、給料がよければそれでいいんだよ。

女 大きい会社のほうが、安定していていいじゃない。

男 そうとも限らないよ。大きくても安定していない会社もあるよ。

女 杉原トレーディングは、あまり安定していないわけ？

男 うん。あの会社は危ないよ。

女 じゃ、まずいわね。

男の学生は、なぜ山本貿易にしましたか。

解析

- トレーディング（貿易）
- …かどうかは関係がない（和是否…無關）
- そうとも限らない（不見得是那樣）
- あまり安定していないわけ？（因為不太安定的緣故？）

6 番—1

テレビで男の人が話しています。日本人は、なぜ何でも物をしまいこみますか。

男 日本人に住まいに関する不満を訪ねると、よく聞かれるのが「収納」に関するものです。日本人はもともと農耕民族で同じ場所に定住するので、何でも物をしまいこんで取っておく癖があると言われて

います。それで、物がどんどん増えていきます。また、日本人は和食、洋食、中華といろんな料理を作って食べるので、いろんな種類の食器や調理器具を持っている場合が多いです。それで、台所は物でいっぱいになります。

日本人は、なぜ何でも物をしまいこみますか。

解析

- 食器（餐具）
- どんどん増える（不斷増加）
- よく聞かれる（經常聽到）
- もともと（原本）
- 定住する（定居）
- 調理器具（烹調用具）
- 物をしまいこんで取っておく癖（將物品收納放好的習慣）

3

1 番—3

夫と妻が話しています。

男 今日は、温泉に行こうよ。

女 今日はバイクで行くのは寒いじゃない。帰りに湯冷めして風邪ひくよ。

男　大丈夫だよ。バスで行けば。

女　そしたら、交通費のほうが温泉の料金よりも高くつくよ。

男　それは、なんか行く気にならないな。だったら、天気がいい日に行こう。今日は街に買い物に行こう。

女　それもねえ。雪でも降ってきたら、バイクがスリップしそう。テレビで、雨から雪に変わるかもしれないって言ってたわ。

男　じゃ、歩いて近所のショッピングセンターに行こう。

女　うん。

今、外はどんな天気ですか。

1　暖かいが雨が降っている
2　寒くて雪が降っている
3　寒くて雨が降っている
4　風が強くて雪が降っている

解析
● 湯冷めして（洗澡後身上感覺發冷）
● なんか行く気にならないな（好像不太想去的感覺啊）
● バイクがスリップしそう（摩托車可能會打滑）
● 雨から雪に変わるかもしれない（或許會從下雨變成下雪）
● ショッピングセンター（購物中心）

2番—4

市役所の人と女の人が話しています。

女　パスポートの申請には、何が必要なんですか。

男　戸籍謄本と、住民票、申請者本人に間違いないことを確認できる書類が必要です。それと、申請費用がかかります。

女　記載事項には全く変更はありませんが。

男　もし、以前のパスポートと同じで記載事項の変更がないのでしたら、戸籍謄本と、住民票は必要ございません。

女　申請者本人に間違いないことを確認できる書類って何ですか。

男　たとえば、運転免許証などです。

女　運転免許証は持ってないんですが。

男　健康保険証でもいいんですが、その他に学生証が必要になります。

女　申請費用はいくらですか。

男　11000円になります。

この女の人は、パスポートの申請にどんなものを持っていけばいいですか。

1　戸籍謄本、住民票、運転免許証、11000円

聴解

2 戸籍謄本、運転免許証、１１０００円

3 戸籍謄本、健康保険証、１１０００円

4 健康保険証、学生証、１１０００円

解析

- パスポート（護照）
- 戸籍謄本（戸籍謄本）
- 住民票（記載居住地或出生地的證明文件；註冊居住地或出生地的手續）
- 申請者本人に間違いないことを確認できる書類（可以確認一定是申請者本人的資料文件）
- 運転免許証（駕照）
- 健康保険証（健保卡）

難題原因

- 對話主題是申請護照必須準備什麼東西，臨場應試時要記得邊聽、邊記錄重點。
- 必須準備的東西有：戸籍謄本、住民票、可以確認是申請者本人的文件（例如：駕照）、申請費。
- 護照上的登錄事項如果沒有變動就不用戸籍謄本和居民證。
- 由於女性沒有駕照，所以男性提出可以使用健保卡代替，但是必須附上學生證。
- 所以女性必須準備健保卡、學生證、申請費 11000 日圓。

3 番——2

ラジオで女の人が話しています。

女 私は掃除があまり好きではありません。ですから、あまり掃除をしなくてもいいように、お風呂に入った後は、カビが生えないように気をつけています。まず、壁に散った石鹸は、水を流して落とします。そのときに、必ず水を使ってください。湯を使うと壁の温度が高くなり、カビの菌糸が活性化され、カビが生えやすくなります。使っていないときは、窓は開けています。そうすると、風通しがよくなります。たったこれだけで、カビはあまり生えなくなり、掃除の回数が減ります。

どんな話をしていますか。

1 掃除から開放される方法
2 カビが生えないようにする方法
3 浴槽を掃除する方法
4 浴槽のカビの落とし方

解析

- あまり掃除をしなくてもいいように（為了可以不用太常打掃）
- カビが生えないように気をつけています（為了不要產生黴菌會小心留意）
- 水を流して落とします（用水沖洗清除）
- 菌糸が活性化され（讓菌絲活躍）
- カビが生えやすくなります（黴菌容易產生）
- 風通し（通風）
- たったこれだけで（只要這樣）

4

1 番—2

友達にピアノを教えています。もう一度弾いてほしいと思っています。何と言いますか。

1 そこのところをもう一度弾いてあげますか。

2 そこのところをもう一度弾いてくれますか。

3 そこのところをもう一度弾いてもいいですか。

解析

● 弾いてほしい（想要對方彈…）

● もう一度弾いてくれますか（可以再彈一次給我聽嗎？）

難題原因

● 屬於看似簡單、但實際上可能很容易搞混的題目。必須完全理解「動詞て形＋ほしい」（想要對方做…）的用法才可能正確作答。

● 選項 2「動詞て形＋くれますか」表示「可以為我做…嗎？」，是「請求別人為自己做…」的説法。

● 選項 3「動詞て形＋もいいですか」是詢問對方「我可以做…嗎？」的問法。很多學習者會誤以為這是「要求對方做…」的問法。

2 番—1

友達と踊っています。真ん中に行って踊りたいと思っています。何と言いますか。

1 真ん中に行きましょう。

2 真ん中に行ってもいいですか。

3 真ん中に行ってもらいます。

解析

● 真ん中に行って踊りたい（想去中間跳舞）

● 真ん中に行ってもいいですか（我可以去中間嗎？）

● 選項 2 是詢問對方「我可以自己一個人去中間嗎？」的問法。

● 真ん中に行ってもらいます（我要你去中間）

● 選項 3 是輩分高的人對輩分低的人下指令的説法。

3 番—3

一緒に男の人の作品をみています。女の人は右側の絵を売ってほしいと思っています。何と言いますか。

1 この絵を売ってもらいます。

2 この絵を売りましょうよ。

3 この絵を売ってもらえませんか。

解析

● …を売ってほしい（想要對方賣掉…）

● …を売ってもらいます（我要你賣掉…）

● …を売ってもらえませんか（可以幫我賣掉…嗎？）

21

聴解

4 番—3

おじいさんは足が悪いです。前に行きたいです。何と言いますか。

1 もっとこっちに来てくれるかな。

2 ちょっと前に来てくれるかな。

3 ちょっと前に押してくれるかな。

(解析)

● 前に押してくれるかな（可以為我往前推嗎？）

5

1 番—1

女 彼の英語はまあまあですね。

男 1 ええ、問題ないレベルですね。

2 ええ、あまり上手じゃないですね。

3 ええ、完璧ですね。

(中譯)

女 他的英文程度還算不錯吧。

男 1 嗯，程度應該沒有問題。

2 嗯，不是很厲害吧。

3 嗯，非常完美。

(解析)

● まあまあ（很好、很不錯）

● レベル（程度、等級）

難題原因

● 此題在測驗語言使用上很細微的語感。

● 必須掌握「まあまあ」的正確意思才可能做出正確回應。

● 很多人誤以為「まあまあ」的意思是「還好」（有「不是很好」的含義在裡面），但其實「まあまあ」的意思是正面的，是「很好、很不錯」的意思。

2 番—2

男 今度の会議は、僕は行かないわけにはいかないんだ。

女 1 そうだね。行かなくてもいいと思うよ。

2 そうだね。あなたは行かないとまずいよ。

3 そうだね。行かないほうがいいよ。

(中譯)

男 這次的會議，我不能不去。

女 1 對啊，我想不去也沒關係吧。

2 對啊，你不去的話就糟糕囉。

3 對啊，不要去比較好喔。

(解析)

● 動詞ない形＋わけにはいかない（不能不做…）

3 番—2

女 困ったときは、何でも言ってね。

男 1 いいえ。困らないよ。

2 ありがとう。遠慮_{えんりょ}なく言_いうよ。

3 ごめん。文句_{もんく}は言_いえないよ。

中譯

女 有困難時，不管有什麼事都可以說喔。

男 1 不，我沒有困擾喔。

2 謝謝。我會直接說出來。

3 對不起。我不能抱怨什麼。

解析

● 遠慮なく（不客氣地…）

● 文句は言えない（不能抱怨）

4 番_{ばん}—3

女 お金_{かね}がないのはわかるけど、これだけはちゃんと払_{はら}ってもらわないと。

男 1 ええ？払_{はら}ってくれなかったの？

2 大丈夫_{だいじょうぶ}。すぐ払_{はら}ってよ。

3 ごめん。すぐ払_{はら}う。

中譯

女 我知道你沒錢，但是只有這些錢你一定要確實付款。

男 1 咦？你不幫我付嗎？

2 沒問題，我會馬上付。

3 抱歉，我馬上付錢。

解析

● ちゃんと払ってもらわないと（一定要確實付款）

5 番_{ばん}—1

男 今日_{きょう}は雪_{ゆき}で大変_{たいへん}だったんだよ。

女 1 大変_{たいへん}だったね。お疲_{つか}れ様_{さま}。

2 大変_{たいへん}だね。がんばって。

3 大変_{たいへん}だから。気_きをつけて。

中譯

男 今天因為下雪，很麻煩啊。

女 1 很麻煩吧。辛苦了。

2 很辛苦吧。加油。

3 因為很麻煩，所以要小心一點。

解析

● お疲れ様（辛苦了）

6 番_{ばん}—2

女 ちょっと待_まってください。

男 1 ずっと待_まっていますよ。

2 何_{なん}ですか。

3 何時_{なんじ}まで待_まちましょうか。

中譯

女 請等一下。

男 1 我一直在等啊。

2 什麼事？

3 我要等到幾點呢？

解析

● ずっと待っています（一直等著）

聴解

7 番——3
ばん

男 あれ？ 弟 は？
おとうと

女 1 あれは 弟 よ。
おとうと

　　2 そうよ。ちょっと待って。
ま

　　3 出かけたみたいね。
で

- 此題在測驗語言使用上很細微的語感。
- 必須知道「どうやって行きますか」和「どう行きますか」的差異才能做出正確的回應。
- 「どうやって行きますか」是詢問「到某地應該要乘坐哪種交通工具」。
- 「どう行きますか」則是詢問「到某地應該要走哪條路」。

中譯

男 咦？弟弟人呢？
女 1 那個人是我弟弟喔。
　　2 是啊，等一下。
　　3 好像出去了。

解析

- 出かけたみたい（好像出去了）

8 番——3
ばん

女 ここから駅までどうやって行くの？
えき　　　　　　　　　　い

男 1 駅に行かないといけない用事があるから
えき　い　　　　　　　　ようじ
　　　ね。

　　2 まっすぐ行けば着くよ。
い　　つ

　　3 バスで行けばいいよ。
い

中譯

女 從這裡要如何前往車站？
男 1 因為有事情非得到車站去不可。
　　2 只要直走就到了。
　　3 搭公車去就可以了。

解析

- どうやって行くの？（要用什麼方法去？）

言語知識（文字・語彙）

1

① 3 飾る──かざる

② 2 初々しい──ういういしい

③ 2 盛り上がった──もりあがった

④ 2 援助──えんじょ

⑤ 2 土産──みやげ

⑥ 1 嘘──うそ

⑦ 4 透けて──すけて

⑧ 3 大勢──おおぜい

> **難題原因**
>
> ② ：屬於中高級日語的字彙，可能很多人不知道如何發音。
>
> ⑤ ：
> - 從漢字發音的角度，不容易想到「土産」要念成「みやげ」。
> - 日文的「土産」是指「紀念品」，和中文「土産」的意思不同，要特別注意。

2

⑨ 4 仕事を承った。
接下工作了。

⑩ 1 彼は偉ぶることなく謙虚だ。
他不會擺架子，非常謙虛。

⑪ 1 残業も仕事の内だ。
加班也在工作範圍之內。

⑫ 1 向こうから折れてあやまってきた。
對方讓步道歉了。

⑬ 4 失敗からは得るところがおおい。

從失敗中獲得的東西很多。

⑭ 2 仕事の打ち合せをした。
協商工作內容。

> **難題原因**
>
> ⑨ ：
> - 屬於中高級日語的字彙，常見於商業日語。
> - 相似說法是「受ける」（接受）。
>
> ⑫ ：
> - 「折れる」除了有「箸が折れる」（筷子斷掉）這種表示「折斷」的意思之外，還有其他延伸意思，必須一起記住。
> - 「折れてあやまる」（讓步道歉）為常見表達。

3

⑮ 4 因為要探病，去了醫院。
1 回禮
2 被邀請（吃飯）
3 還願拜拜
4 探病

⑯ 2 在咖啡廳喝下午茶。
1 茶
2 咖啡廳
3 自助餐
4 陪酒小姐

⑰ 3 語源有各種說法，沒有一定。
1 廣義
2 定論
3 各種說法
4 解說

⑱ 2 沒有精神，腳步蹣跚地走著。
1 ぼそぼそ：小聲講話、嘀咕的樣子

言語知識（文字・語彙）

2　とぼとぼ：腳步蹣跚的樣子
3　はきはき：乾脆、爽快的樣子
4　うきうき：興高采烈的樣子

⑲　2　**懷念回想。**
1　突然想到
2　回憶
3　飽含感情
4　奇異的想法

⑳　3　**這件棉被很鬆軟。**
1　くねくね：彎彎曲曲的樣子
2　ぷにぷに：柔軟有彈性的樣子
3　ふわふわ：柔軟、軟綿綿的樣子
4　かちかち：硬梆梆的樣子

㉑　3　**流汗了，但是沒有帶替換的衣服來。**
1　剩餘
2　（無此字）
3　替換
4　清洗

㉒　1　**最後，對方讓步道歉了。**
1　折れて謝って：讓步道歉
2　脫落
3　拿著
4　去

㉓　2　**生鮮食品無法保存很久。**
1　評價
2　保存
3　（無此字）
4　喝

難題原因

⑱：
● 屬於「擬聲擬態語」的考題，4個選項的「擬聲擬態語」都有難度。

● 而且這種考題最大的困難點在於即使知道其中一兩個「擬聲擬態語」，也未必有助於答題。因為考點可能剛好在你所不知道的選項。

⑳：
● 屬於「擬聲擬態語」的考題，4個選項的「擬聲擬態語」都有難度。
● 選項 2、3 都有「柔軟」的意思，要特別注意其中的差異。

㉓：
● 屬於「動詞」變為「名詞形式」的考題，「持ち」是「持つ」（維持）的名詞形，意思是「保存、持久性、耐久」。
● 要特別注意並不是所有動詞都有名詞形式的用法，例如選項 3「食べ」並沒有任何含義。

4　㉔　2　**つきあって ── 交往**
1　吵架
2　交往
3　評判
4　共同努力

㉕　1　**ますます ── 更加**
1　更加
2　突然
3　慢慢地
4　總覺得

㉖　3　**素顔 ── 真實面貌**
1　化過妝
2　沒化妝
3　真實的
4　騙人的

㉗ 3　うるさい ── **挑剔的**
　　1　愛説話的
　　2　任性
　　3　拘泥、特別在意
　　4　不拘小節

㉘ 1　どころではない ── **不只…還…**
　　1　比…還更多
　　2　比…還更少
　　3　…左右
　　4　不到…

5

㉙ 4　決して ── **絕對**
他絕對不會説謊。

㉚ 2　あからさま ── **顯然、明顯**
那場比賽很明顯的是假比賽。

㉛ 3　すっかり ── **完全**
四周完全變暗了。

㉜ 4　呑む ── **接受**
接受對方提出的條件，簽訂了契約。

㉝ 3　つもり ── **自以為**
他明明不擅長，卻自以很厲害。

言語知識（文法）• 読解

1

① 4 **她都30歲了，怎麼看都只像十幾歲。**
1 …には見えない：看不出來…
2 …だから：因為…
3 …までに：在…期限內
4 …にしか見えない：看起來只像…

② 1 **我在猶豫要不要寫這個事情。**
1 いいのかどうか：好還是不好
2 いいのかどうも：（無此用法）
3 いいのかなぜか：（無此用法）
4 いいのかなんか：（無此用法）

③ 4 **這個足跡不是狗或貓。可能是貍啦、狐狸啦。**
1 …など：…之類的
2 …かも：也許…
3 …なら：如果…
4 …とか：…啦…啦（表示「列舉」）

④ 3 **要升學還是不要升學，我正為了今後的事情煩惱著。**
1 …から：從…
2 …ことへ悩んでいる：（無此用法）
3 …で悩んでいる：為了…煩惱
4 …が悩んでいる：無此用法
（「が」前面應該填入主詞「煩惱的人」，不是「煩惱的事情」）

⑤ 4 **因為油漆還沒乾，請就那樣放在那邊。**
1 そのように：像…那樣
2 それからに：（無此用法）
3 それだけに：只限…東西，不要別的東西
4 そのままに：就按照那樣…（從前後文句意來看，這裡的「そのままに」是表示「不要碰…」的意思）

⑥ 3 **我們家的小狗出生時，是我們正在附近打棒球的時候。**
1 …をする時：要做…的時候
2 …をした時：剛做完…的時候
3 …をしていた時：正在做…的時候
4 …していて時：（無此用法）

⑦ 4 **想拍攝飛碟的照片，結果飛碟消失了。**
1 撮るとしたら：假設現在正要拍
2 撮ってとしたら：（無此用法）
3 撮ったとしたら：假設已經有拍的話
4 撮ろうとしたら：想要拍，結果…

⑧ 2 **不快一點的話會遲到。**
1 急ぐと：快一點的話，就會…（文法接續正確，但是不符合邏輯）
2 急がないと：不快一點的話，就會…
3 急がなくても：不快一點也…（文法接續正確，但是不符合邏輯）
4 急ぐので：因為快一點

⑨ 3 **平常就很忙了，一有客人來，工作就無法進行了。**
1 ただなら：如果是免費
2 ただでは：免費的狀態
3 ただでも：即使是平常（句中的「…のに」是表示「不滿意、抱怨」的語氣）
4 ただだったら：免費的話

⑩ 2 **沒有原因，不知道為什麼就是喜歡這個東西。**
1 どうも：總覺得（後面接續負面用法）
2 なんとなく：不知道為什麼
3 なんとか：想辦法
4 どうにか：總算

⑪ 1 **因為趕著前往，總算趕上了。**
1 どうにか：總算
2 やっと：終於

3 ついに：終於
4 どうにも：無論怎麼樣也…

⑫ 4 **天氣很好，去散散步吧。**
1 散歩にはしよう：（無此用法）
2 散歩からしよう：（無此用法）
3 …まで：甚至到…地步（多用於形容某種極端狀況）
4 …でも：…之類的

⑬ 2 **雖然是同名同姓，但是他跟我要找的人是完全不同的人。**
1 …には別人だ：（無此用法）
2 探してる人とは別人だ：和要找的人是不同的人
3 …から別人だ：（無此用法）
4 …なら別人だ：…的話，是不同的人

難題原因

① ：後句的結構是由「…に見える」（看起來…）和「…しか…ない」（只有…）組合而成，必須理解這種用法才能正確作答。

④ ：
● 必須熟悉「で」這個助詞的用法，才能正確作答。
●「で」在這裡是表示後項動作的原因理由。

⑦ ：
●「動詞意向形＋とする（想要做…）是固定用法，必須理解正確意思才能作答。
● 這個用法對 N3 來說算是偏難的。

⑪ ：
● 必須掌握選項 1、2、3 的用法和差異才能正確作答。
● 選項 1「どうにか」（總算）：通常用於表示花了功夫、精力才解決問題的情形。

2

⑭ 2 **この 1 製品は 3 在庫 2 限り 4 なので お早めに。**

因為這個商品的庫存有限，要買就要趁早。

解析
● 在庫限りなので（因為庫存有限）

⑮ 3 **花粉症の 3 季節に 4 なると 1 マスクが 2 欠かせない 人が多い。**

一到花粉症發作的季節，很多人就隨身不離口罩。

解析
● 名詞＋の＋季節＋になると（一到…的季節，就會…）
● 名詞＋が＋欠かせない＋人（不能缺少…的人）

⑯ 1 **桜が 4 咲く 1 季節には 3 多くの 2 新入生が 入ってくる。**

在櫻花盛開的季節，有很多新生入學。

解析
● 桜が咲く季節（櫻花盛開的季節）
● 多くの新入生（很多新生）

⑰ 1 **チャンス到来。2 これを 3 逃したら 1 次は 4 ないかもしれない。**

機會來了。如果錯過這個機會，也許就沒有下一次了。

言語知識（文法）• 読解

解析

- これを逃したら（錯過這個的話…）
- 次はないかもしれない（也許沒有下一次）

⑱ 2 　誰かが 1 近くで 4 タバコを
　　　　　　　　 ★
　　2 吸っていると 3 すぐに 気分が悪くなる。

只要有人在附近抽煙，馬上就會覺得不舒服。

解析

- タバコを吸っていると（抽菸的話，就會…）
- すぐに気分が悪くなる（馬上會變得不舒服）

難題原因

⑭：
- 要知道「名詞＋限り」（只限於…的範圍、限度）的用法，才可能答對。

⑮：
- 要知道「名詞＋になると」（一變成…就…）的說法，才可能聯想到「季節になると」。
- 從句尾的「人が多い」可以推斷前面應該放入「欠かせない」才吻合文法接續概念。

3

⑲ 3 　1 …をしてるで：（無此用法）
　　　2 …をしてるまで：（無此用法）
　　　3 …をしてるから：因為正在做…
　　　4 …をしてるには：（無此用法）

⑳ 2 　1 断食しておこうと思いました：想到先做斷食吧

2 断食してみようと思いました：想到斷食看看吧
3 断食してもらおうと思いました：想到請別人斷食吧
4 断食してあげようと思いました：想到我為別人斷食吧

㉑ 4 　1 水とか：水啦
　　　2 水など：水之類的
　　　3 水まで：連水也…
　　　4 水さえあれば：只要有水的話

㉒ 1 　1 ぐったり：筋疲力盡
　　　2 ゆったり：寬鬆的
　　　3 ゆっくり：慢慢地
　　　4 まったり：味道濃厚的

㉓ 2 　1 取れて：取出來
　　　2 体から抜けて：從身體排出
　　　3 溶けて：溶解
　　　4 行って：去

難題原因

㉓：「塩分が抜ける」或「塩分を抜く」都可以用來表示「排出鹽分」，都是非常口語的說法。屬於很自然的日語，但是不知道的外國人應該很多。

4 (1)

㉔ 3 　**介紹的朋友有一個人入學的話，就可得到5000日圓的圖書禮券或電子字典。**

題目中譯 在促銷活動期間做什麼事情就會獲得什麼東西？

(2)

㉕ 3 　**因為傷口滲出來的液體也是一種藥。**

題目中譯 為什麼會説避免傷口乾燥比較容易痊癒？

(3)

㉖ 4 **健康和飲食生活有關係。**

題目中譯 以下何者符合作者的主張？

(4)

㉗ 3 **一想到有人撿走了，就覺得懊惱到不行。**

題目中譯 以下何者不符合作者寫下這個體驗的心情？

難題原因

㉗：

- 很難從文章內容讀到作者的情緒，必須一一確認文章中的答題線索，並刪除錯誤選項。
- 從文中的「なんと」（竟然；表示驚訝或意外的語氣）可以確認選項 1 和選項 4 的描述符合作者心情。
- 從文中的「うっかり電車のあみだなに置いてきてしまったようだ」（似乎不小心放在電車的架子上了）可以確認選項 2 的描述符合作者心情。

5

(1)

㉘ 3 **告訴對方，營養劑是暈車藥，對方吃下去之後就沒有暈車了。**

題目中譯 以下何者屬於安慰效果？

㉙ 2 **疾病會因為心態而大受影響。**

題目中譯 所謂的「病由氣生」是什麼意思？

㉚ 1 **想要治好疾病的心態。**

題目中譯 作者認為克服疾病最重要的因素是什麼？

(2)

㉛ 2 **不要回顧過去，要企圖改變未來。**

題目中譯 所謂的「當某件事發生時，把它當成一個起點」，這是什麼意思？

㉜ 4 **「不管幾歲，人都有開創自己人生的力量。」**

題目中譯 「婆婆還很年輕」的另一種説法是什麼？

㉝ 3 **即便有讓人不快的事情，也會隨著心情的狀況而改變人生。**

題目中譯 以下何者是作者的座右銘的正確解釋？

難題原因

㉘：

- 必須知道「プラシーボ効果」的意思是什麼，才能正確作答。
- 答題關鍵在於「これは別名「偽薬効果」～効いてしまうことです。」這個部分。4 個選項當中只有選項 3 的例子符合這個説法。

㉛：

- 屬於閱讀全文後，要有能力歸納、並正確掌握作者想表達的重點，才可能答對的考題。文章的閱讀力和理解力都要好。
- 作者不斷重複提出「何かが起こった場合、それを起点とする」的主張，必須完全理解這句話的真正含意才能正確作答。
- 答題關鍵在於「生きている限り、私たちの前には未来が開けています。」這個部分。

言語知識（文法）● 読解

6

③④ **4** 音樂界和戲劇界以及搞笑藝人界。

題目中譯 文中提到的①各個業界是指什麼？

③⑤ **3** 因為隨著年齡的增長，角色會跟著改變。

題目中譯 為什麼會說②就算貌美的新人女演員在年輕時被起用成為NHK大河連續劇的主角，並且活躍於業界，（這名演員）將來的名聲和報酬也完全是未知數？

③⑥ **2** 練習演技，以配角的角色來襯托主角。

題目中譯 所謂的③確立新的路線是指什麼？

③⑦ **1** 無法長久維持年輕時的狀態。

題目中譯 所謂的④同樣的事情是指什麼？

7

③⑧ **3** 因為自家門前的路沒有車道和人行道之分，所以不能騎腳踏車。

題目中譯 何者是沙加特誤以為的事情？

③⑨ **4** 一邊聽隨身聽一邊騎車。

題目中譯 有一天沙加特騎腳踏車時，違反交通規則被抓了。哪一件事情是不能做的？

難題原因

③⑧：

● 選項的敘述方式未必和文章資訊的敘述方式一致，唯有充分理解、並歸納文章所提供的資訊，才能一一確認各選項是否吻合資訊內容。

● 答題關鍵在「車道があればそこを走行。」這句話直譯的意思是「有車道的話腳踏車就走車道」，但是要知道日語的假定形同時包含另一面的訊息不明説出來，另一面的訊息就是：沒有車道的話腳踏車就隨便走。

● 所以如果自家門前的路沒有車道和人行道之分（沒有車道），就隨便走，還是可以騎腳踏車。

聴解

1

1番―1

女の学生と学校の事務員が話しています。女の学生は何を急いでやらなければなりませんか。

女 推薦入学の書類の記入の仕方を教えていただきたいんですが。

男 書類の締め切りは明日ですから、急いでください。まず指導教授にここにサインしてもらってください。

女 はい。すぐにもらってきます。それから、写真はこれでいいでしょうか。

男 この写真、顔の部分が小さすぎるので、ちょっとまずいんじゃないかと。もう一度撮ったほうがいいですよ。

女 はい。

男 成績表が1通必要です。指導教授のほうから直接送ってもらってください。成績表は来週でもいいので、急がなくても大丈夫です。

女 わかりました。

男 あ、それから銀行の残高証明も要ります

よ。今から行って申し込まないと間に合いませんよ。

女 あ、それはもうあります。

女の学生は何を急いでやらなければなりませんか。

解析
- 記入の仕方（填寫的方法）
- 締め切り（截止日）
- ちょっとまずいんじゃないかと（有點不太適合吧？）
- 残高証明（餘額證明）
- 今から行って申し込まないと間に合いません（現在不去申請的話會來不及）
- 要注意哪些東西是女性已經準備好的，哪些東西是不符合規定要重辦的。
- 明天是截止期限，所以在資料上必須要有指導教授的簽名。
- 照片臉的部分太小，不適合，必須重拍。
- 成績單可以下週再寄送；銀行餘額證明女性已經辦好了。
- 所以女性必須先做的事情是：請教授簽名和重拍照片。

2番―3

男の学生と女の学生が話しています。男の学生はどんな順番でどこに行かなければなりませんか。

男 パーティーの会場の予約はもうしたのかな。

女 まだよ。

男 じゃ、俺が今日集会所に申し込みに行ってくるよ。申し込みには何がいるの？

聴解

女 ええと、申し込み金と免許証がいるよ。お金は部室においてあるけど。

男 取りに行くのが大変だから、俺が立て替えておくね。あ、免許証持ってないよ。一回うちに帰らないと。

女 ついでに申し込んだ帰りに、スーパーでパーティーで出す飲み物も買ってきてね。

男 うん。

男の学生はどんな順番でどこに行かなければなりませんか。

解析
- 集会所（集會處）
- 部室（活動室）
- 免許証（駕照）
- 立て替えておく（先代塾（錢））
- ついでに（順便）
- 要預約派對場地必須攜帶申請費和駕照到集會處。
- 女性提到申請費用放在活動室，男性覺得去活動室拿太麻煩，所以提議自己先代塾錢，但是因為身上沒有駕照，所以必須先回家拿。
- 女性後來又提出希望男性在申請後順便去超市買派對要用的飲料。所以男性必須要去的地方依序是：家裡→集會處→超市。

3 番—1

母と息子が話しています。息子は何を買いに行かなければなりませんか。

男 お母さん、冷凍餃子はあったけど、その

ほかの物はもうなかったよ。

女 え、それ以外は何もなかったの？

男 うん。鳥のもも肉はもう売り切れで、焼肉のタレは辛口しかなかった。ふじリンゴは今日はないよ。その代わり、むつリンゴがあったけど。米はちょっと大きめのパックのしかないよ。

女 米はまだ少しあるから、今日はいいわ。それから、リンゴは味は似たようなものだからどっちでもいいわ。

男 うん。じゃ、もう一回行ってくる。

女 じゃ、学校のそばのマルヨシも行ってきてよ。あそこに行けば、鳥のもも肉も焼肉のタレの甘口もあると思うわ。

男 あそこまで行かないといけないの？

女 頼むわ。

男 もう…面倒だなあ。

息子は何を買いに行かなければなりませんか。

解析
- 鳥のもも肉（雞腿肉）
- 売り切れ（賣完）
- タレ（調味料、沾醬）
- 辛口（辣味）
- ちょっと大きめのパック（稍微大一點的包裝）
- 味は似たようなものだからどっちでもいいわ（因為味道是很類似的東西，哪一種都可以）
- 甘口（甜味）

● 面倒だなあ（真麻煩啊）

難題原因

● 答題的關鍵線索分散在整篇文章中，要仔細聆聽各個細節並一一記錄下來。
● 小孩只買了冷凍餃子，其他沒買到的東西是：
  (1) 雞腿肉已經賣完
  (2) 烤肉沾醬只剩下辣味的
  (3) 沒有富士蘋果，但是有陸奧蘋果。
  (4) 米只有大包裝的
● 媽媽針對小孩的回應表示：
  (1) 米還有一點點所以不用買
  (2) 蘋果味道很類似，所以哪一種都可以。
  (3) 必須再去學校旁邊的「丸善」買雞腿肉和甜味的烤肉沾醬。

4 番—3

男 の学生と 女 の学生が 話しています。 男 の学生はどうすることにしましたか。

男 今から今村 教 授に会いたいんだけど。

女 今からっていうのは無理よ。一 週 間前にアポイント取っておかないと。

男 え？

女 今村 教 授は、そういうことにはうるさいの。アポイント取らないと会ってくれないの。

男 そんな面倒な 教 授がいるの？会いたくなくなったよ。

女 でも会って質問しないとレポート書けない

んでしょ。

男 まあ、そうなんだけど。

女 今からアポイント取っても遅くないわ。

男 まあ、そうするしかないなあ。来 週 でも間に合うからね。

男 の学生はどうすることにしましたか。

解析

● 一週間前にアポイント取っておかないと（必須在一週前先取得預約）
● …にはうるさい（在…方面很嚴格）
● アポイント取らないと会ってくれない（沒有取得預約就無法見面）
● レポート（報告）
● 和教授見面必須在一週前先預約，所以男性這週預約，下星期和教授見面。

5 番—2

男 の学生と先生の助手が 話しています。 男 の学生は、何時にここに来ればいいですか。

男 あの、このレポートを山川先生に渡したいんですが。

女 先生は、授 業 の合間には戻ってこないんですよ。

男 今日は何時から何時まで授 業 があるんですか。

女 先生は、今日は午前１０時から午後６時ま

聴解

で授業が詰まってます。授業が全部終わったら、ここに戻ってきますよ。

男 でしたら、そのころにまた来ます。

女 でも、授業の後に３０分ほど小テストをすると言っていましたよ。でも、３０分遅く来たのでは少し遅すぎる可能性もあるので、２０分遅く来たら、いいかと思います。

男 わかりました。

男の学生は、何時にここに来ればいいですか。

解析

● 授業の合間（教課的空檔）
● 授業が詰まってます（課堂都排滿了）
● ３０分ほど小テストをする（進行大約 30 分鐘的小考）
● ３０分遅く来たのでは少し遅すぎる可能性もあるので（因為晚 30 分鐘過來可能會太晚（搞不好老師已經走了））
● ２０分遅く来たら、いいかと思います（我覺得晚 20 分鐘過來的話比較好）

6 番——3

調理師がアルバイトの人に指示を出しています。アルバイトの人がしなければならないことのうち、最初の３つはどれですか。

男 おおい、ちょっと湯を沸かしてくれ。

女 はい。

男 で、そのにんにく切ってくれ。それから、そこにあるソーセージとにんにくを、油でいためてよ。

女 ハンバーグセットに入れる目玉焼きがないんですが。

男 だったら、目玉焼きも作って。あ、そうだ。忘れてた。先に急いでスパゲティー作らないと。湯が沸いたらまず急いでスパゲティーゆでて。

女 はい。すぐにやります。

アルバイトの人がしなければならないことのうち、最初の３つはどれですか。

解析

● ソーセージ（香腸）
● ハンバーグセット（漢堡排套餐）
● 目玉焼き（荷包蛋）
● スパゲティー（義大利麵）
● 湯が沸いたらまず急いでスパゲティーゆでて（水煮沸了之後要趕快煮義大利麵）

難題原因

● 要注意題目問的是工讀生前三個步驟是什麼，對話中可能隨時因為某個因素改變動作的步驟，聆聽時一定要將各個細節一一記錄下來才能正確作答。
● 答題的關鍵線索是「湯が沸いたらまず急いでスパゲティーゆでて」（水煮沸了之後要趕快煮義大利麵）這句話。
● 工讀生依序要做的事情是：將水煮沸→用煮沸的水煮義大利麵→切大蒜→將大蒜和香腸用油一起炒→煎荷包蛋。

2

1 番──2

夫 と 妻 が 話 しています。二人 は、なぜこの業 者 に 頼 むことに決 めましたか。

女 福岡 の 友達 に、うちでとれたみかんを送りたいんだけど、どの業者 に頼 むのがいいかな。

男 みかんって、体積 の割 りに重いよね。

女 重 さで料金 が決 まる白猫便 と、大 きさで料金 が決 まる隼便、どっちがいいかな。

男 もちろん、大 きさで決 まるほうがいいよ。あ、郵便局 のゆうパックも、大 きさで決まるんだよ。同 じ大 きさだったら、隼便 よりも安 いし。

女 でも、隼便 のほうが速 いみたいだけど。

男 みかんはそんなにすぐに腐 るものじゃないから、急 がないよ。

女 だったら、決 まりだね。

二人 は、なぜこの業者 に頼 むことに決 めましたか。

2 番──1

男 の 社員 と 女 の 社員 が 話 しています。どんな理由 で、誰 に決 まりましたか。

女 このプロジェクトのリーダーは、誰 がいいと思 う？

男 寺田 さんなんかどうかな。資格 はないけど、経験豊富 だよ。

女 いろんな資格 を持 ってる坂本 さんはどうかな。

聴解

男 坂本さんは、この仕事始めてそんなに経ってないからね。この仕事の流れとかよくわかってるほうが大事だと思うよ。

女 資格よりは、経験なわけね。

男 そうそう。

女 じゃ、もう決まりね。

どんな理由で、誰に決まりましたか。

解析

- プロジェクト（計畫、專案）
- リーダー（領導、指揮者）
- 資格はないけど、経験豊富だ（雖然沒有證照，但是經驗豊富）
- この仕事始めてそんなに経ってない（才剛開始做這份工作沒多久）
- 仕事の流れ（工作流程）
- 資格よりは、経験なわけね（比起證照，還是要經驗對吧？）

3番—3

夫と妻が話しています。なぜこの店に頼むことにしましたか。

女 この商品売ってる店、日本で3つしかないよ。どの店に頼もうか。

男 岡山県の店がいいんじゃない？商品の値段が一番安いから。

女 でも、送料を入れたらそんなに安くないよ。送料も合わせた合計で考えない

と。青森県のこの店、送料無料だって。しかも、翌日配達便だよ。

男 いや、でも5000円以上買ったら送料無料って書いてあるよ。それだったら、この富山県の店がいいと思うな。何を買っても送料100円だし、合計でもここが一番いいよ。

女 じゃ、そこにしよう。

なぜこの店に頼むことにしましたか。

解析

- 送料無料（運費免費）
- 送料を入れたらそんなに安くない（加上運費的話並沒有那麼便宜）
- 送料も合わせた合計で考えないと（必須考慮連運費也加在一起總計的價錢）
- 翌日配達便（隔日送達的宅配）

4番—4

夫と妻が話しています。二人は、なぜ新幹線にしましたか。

女 大阪まで何で行く？新幹線にする？飛行機にする？

男 飛行機は空港まで行くのが大変だよ。それで時間かかっちゃう。

女 じゃ、新幹線かな。

男 でも、新幹線も飛行機も高いよ。高速

バスだと半額以下だよ。バスにしようか。

女 バスは遅すぎるよ。

男 大丈夫。寝ている間につくから。それに、大阪の真ん中まで乗り換えなしにそのまま行けて便利だよ。

女 あ、でもバスはもういっぱいみたいだよ。

男 じゃ、新幹線にするかな。

女 そうだね。

二人は、なぜ新幹線にしましたか。

解析

- 便利悪い（不方便）
- 空きがない（沒有空位）
- 半額（半價）
- 遅すぎる（太慢）
- 大阪の真ん中（大阪的市中心）
- 乗り換えなしにそのまま行けて便利だよ（可以不用轉乘就直接抵達，很方便喔）
- バスはもういっぱいみたいだ（巴士好像已經客滿了）

難題原因

- 兩人在對話中針對各種交通工具不斷提出自己的看法，必須一一筆記下來歸納分析。
- 男性針對三種交通工具提出以下看法：
  (1) 飛機：前往機場很麻煩會花時間
  (2) 新幹線：價格昂貴
  (3) 高速巴士：可以在睡覺過程中抵達大阪，而且到大阪市中心不需要再換車。
- 答題的關鍵因素在於女性提出的「でもバスはもういっぱいみたいだよ。」（但是巴士好像已經客滿了。）這句話，所以最後還是選擇搭乘新幹線。

5 番—3

夫と妻が話しています。二人は、どういう理由でどの店で買うことにしましたか。

女 食器棚、どこで買おうか。

男 やっぱり高千穂でしょう。

女 あそこのは安くてデザインはいいけど、送料けっこう高いから自分で持って帰らないといけないのよ。でも、森本だったら、送料無料よ。

男 車で行けばいいんだから、大丈夫だよ。それに、森本のは、デザインは普通だよ。

女 高千穂のは、長持ちしないみたいだよ。使ってる木材がよくないから、曲がったりするみたい。

男 どうせ5年ぐらいで捨てるつもりだから、それはいいんだけど。でもさあ、見た目が大事じゃない？

女 そうね。じゃ、決まりね。

二人は、どういう理由でどの店で買うことにしましたか。

解析

- デザイン（設計）
- 食器棚（餐具櫥櫃）
- 送料けっこう高い（運費相當貴）
- 自分で持って帰らないといけない（必須自己帶回家）

聴解

- 長持ちしないみたいだ（好像不耐用）
- どうせ（反正）
- 捨てるつもり（打算丟掉）
- 見た目（外観）

- もちつき機能（搗年糕的功能）
- パスタ（義大利麵）
- ジャム（果醬）
- 炊飯器（炊飯器、電子鍋）
- 機能が多いものほど大きくなり（功能越多的就越大）
- 場所をとります（佔空間）

6 番—1

テレビでアナウンサーが話しています。なぜホームベーカリーを買うときに、機能をよく確認したほうがいいですか。

男 最近は、自宅でパンが焼けるホームベーカリーが流行っています。ホームベーカリーには、もちつき機能、うどんやパスタが作れる機能、ジャムが作れる機能などがついたものもあります。パンを焼く機能しかないものは、炊飯器程度の大きさですが、機能が多いものほど大きくなり、場所をとります。ホームベーカリーを購入するときは、付いている機能が本当に必要な機能かどうかを考えてから購入したほうがいいでしょう。

なぜホームベーカリーを買うときに、機能をよく確認したほうがいいですか。

解析
- 余計（多餘）
- 多ければ多いほどいい（越多越好）
- ホームベーカリー（家庭麵包機）

3

1 番—3

女の人と自転車屋の店員が話しています。

女 最近、自転車ががたがたするんですよ。

男 あ、これはリムを換えないといけませんよ。

女 リムはいくらですか。

男 普通のリムだと１５００円ぐらいですが、このタイプのは、５００円ぐらい高くなります。それから、リムだけ替えるというのは無理なんで。タイヤとセットになってるんですよ。

女 タイヤはいくらですか。

男 このタイプのリムは、特殊なタイヤでないとはまりません。普通のタイヤだと８００円ぐらいなんですが、特殊なタイプだと、２００円高くなります。それと工賃が

５００円かかります。

女　車輪の軸は替えなくてもいいんですか。

男　今のところ、まだ使えるようですから…

どこを修理しますか。

1　リム

2　タイヤ

3　リムとタイヤ

4　リムとタイヤと車輪の軸

解析
- がたがたする（發出嘎搭嘎搭的聲音）
- リム（腳踏車的輪圈）
- ５００円ぐらい高くなります（會多貴500日圓左右）
- リムだけ替えるというのは無理なんで（無法只換輪圈）
- タイヤとセットになってるんですよ（和輪胎是一組的）
- 特殊なタイヤでないとはまりません（不是特殊輪胎就無法套上）
- 工賃（工資）
- 軸（車軸）
- まだ使えるようです（好像還可以使用）

2番—2

男の社員と女の社員が話しています。

女　倉庫の部品、どれがなくなりそう？

男　部品Ａは、あと３０００個あるので、まだまだ大丈夫です。部品Ｂは、あと１２００個あります。部品Ｃは、２００個しかありません。

女　部品Ａはまだ大丈夫よ。部品Ｂは、常に１３００ないといけないの。もう注文しないとね。部品Ｃは、あまり使わないから、もう少し減ってから注文すればいいと思う。それよりも、部品Ｄは見なかったの？

男　５０００個あるので、大丈夫だと思うので。

女　あの部品は、５０００個あっても足りるかどうかわからないよ。念のために、もっと用意しといたほうがいいよ。

男　わかりました。

どの部品を注文しますか。

1　ＡＢ

2　ＢＤ

3　ＡＢＣ

4　ＡＣＤ

解析
- どれがなくなりそう？（哪一個可能會沒有？）
- 常に１３００ないといけないの（通常必須要有1300個）
- あまり使わない（不太常使用）
- もう少し減ってから注文すればいい（可以再減少一點後再訂購）
- ５０００個あっても足りるかどうかわからないよ（即使有 5000 個也不知道夠不夠）
- 念のために（保險起見）
- もっと用意しといたほうがいい（再準備多一點放著比較好）

聴解

- 對話主題圍繞著零件訂購需求和數量，屬於相當複雜的題目，要記得邊聽、邊記錄重點。
- 首先男性提出：
  A 零件有 3000 個
  B 零件有 1200 個
  C 零件只有 200 個
- 女性對此回應：
  A 零件的數量沒問題
  B 零件的數量通常要有 1300 個
  C 零件可以等數量少一點再訂購。
- 後來女性又針對男性沒有提到的 D 零件提出疑問，男性則說 D 零件還有 5000 個，但女性覺得即使有 5000 個也不確定是否足夠，所以保險起見要多準備一點。
- 所以必須訂購數量不足的 B 零件和可能會不夠的 D 零件。

3 番—3

ラジオで 男 の人が 話しています。

男 私は 量 販店に 行くときは、食 品コーナーは最後に 行くことにしています。 量 販店は 何でもあって 大きいので、いろいろ 見ているうちに 何時間もかかってしまうこともあります。 最初に 食 品を 買ってしまうと、持ち帰るまでに 新鮮ではなくなってしまいますし、アイスクリームなどは、溶けてしまいます。 それに、 量 販店の 食べ物は 普通サイズが 大きいので、 重くて 疲れてしまいます。

話 の内容に 合うのはどれですか。

1 この人は 何時間もかけて 量 販店を 見るのは 好きではない
2 アイスクリームを 買ったらとける 前に 食べてしまう
3 この人は 食べ 物を 買ったらすぐうちに 帰る
4 食べ 物を 買ってから 他のコーナーを 見る

解析

- 量販店（大賣場）
- 食品コーナー（食品區）
- 最後に行くことにしています（習慣最後去）
- いろいろ見ているうちに何時間もかかってしまうこともあります（有時看著各式各樣的東西就會花掉好幾個小時）
- 持ち帰るまでに（在帶回家之前）
- サイズ（尺寸）

4

1 番—1

うちに 飾る 絵を 買おうと 思っています。 女 の人はこの 絵がいいと 思っています。 何と 言いますか。

1 この 絵なんかどうかな？
2 この 絵はどうかと 思うよ。

3　この絵にしておくといいんじゃない。

解析

● …を買おうと思っています（打算買…）
● なんかどうかな（覺得怎麼樣）
● この絵はどうかと思う（我覺得這幅畫有點…）

難題原因

● 可能會有人選擇選項 2「この絵はどうかと思うよ。」但是「どうかと思う」的語感是「覺得有點…」，覺得「不好」，但是並沒有把「不好」説出來，屬於有負面含意的表現方式。所以正確答案是選項 1。

2 番—3

ふたりが図を見ながら話しています。この黒いスーツの人に図の場所に行ってきてほしいです。何と言いますか。

1　すみませんが、この場所に行ってきてもいいですか。
2　すみませんが、この場所に行ってきますか。
3　すみませんが、この場所に行ってきてもらえませんか。

解析

● スーツ（西裝）
● …に行ってきてほしいです（希望對方去…地方）
● …に行ってきてもらえませんか（可以請你去…地方嗎？）

3 番—3

びじゅつかんを見学しています。この彫刻をもう少し見たいと思います。何と言いますか。

1　あ、もう少し見るほうがいいかな。
2　あ、もう少し見てもらえるかな。
3　あ、もう少し見ていてもいいかな。

解析

● もう少し見たい（想要再看一下下）

4 番—1

ここは病院です。今から血圧を測ります。何と言いますか。

1　それじゃ、血圧を測ります。
2　それじゃ、血圧を測ってあげます。
3　それじゃ、血圧を測らせてもらえませんか。

解析

● 血圧を測ります（測量血壓）
● 血圧を測らせてもらえませんか（可以讓我測量血壓嗎？）
● 選項 3 的説法是拜託病人讓他量血壓。護士不會使用這種説法，所以正確説法是選項 1。

聴解

5

1 番—1

男 まさか、あなたがやったんじゃないでしょうね。

女 1 いいえ。私がやったんじゃありません。

　　2 そうです。私じゃないんです。

　　3 まさか。私がやったんです。

（中譯）
男 不會是你做的吧？
女 1 不，不是我做的。
　　2 是的，不是我。
　　3 怎麼可能？是我做的。

（解析）
● まさか（該不會、怎麼可能）

2 番—3

女 ここにサインしてもらえますか。

男 1 ここにサインしてもらえるんです。

　　2 ええ、ここにお願いします。

　　3 ここですね。はい。

（中譯）
女 可以請你在這裡簽名嗎？

男 1 可以請你在這裡簽名。

　　2 嗯，請簽在這裡。

　　3 是這裡嗎？好的。

（解析）
● サイン（簽名）

3 番—1

女 なかなかよい条件ですが、今回の取引は難しいかと。

男 1 そうですか。残念ですね。

　　2 難しいですが、頑張ればできますよね。

　　3 では、早く取引しましょう。

（中譯）
女 條件雖然相當不錯，但是這次的交易可能有難度吧。

男 1 是嗎？真是可惜。

　　2 雖然有難度，但是只要努力就可以完成對吧？

　　3 那麼，趕快進行交易吧。

（解析）
● なかなかよい（相當不錯的）
● 取引（交易）
● 残念（可惜）

4 番—3

男 あなたのせいで、取引はこんな結果になったんですよ。

女 1 感謝はいりませんよ。当たり前ですから。

2 そんなにお礼を言われると恥ずかしいですよ。

3 私のせいですか。申し訳ありません。

中譯

男 都是因為你，交易才會變成這種結果啊。
女 1 我不需要你的感謝。因為那是理所當然的事。
　 2 這麼熱情的道謝，會讓我感到很不好意思。
　 3 是我的緣故嗎？真是抱歉。

解析

● あなたのせいで（因為你的緣故）

5 番—3

女 今の人は誰？

男 1 今ここにいる人は、木村さんだけだよ。

2 ああ、この人？総務の山下さんだよ。

3 今そこにいた人？営業の鈴木さんだよ。

中譯

女 剛才那個人是誰？
男 1 現在在這裡的人只有木村先生啊。
　 2 啊，這個人嗎？是總務部的山下先生啦。
　 3 剛才在那裡的人嗎？是營業部的鈴木先生啦。

難題原因

● 此題在測驗語言使用上很細微的語感。
● 必須知道「今の人」指的是「さっきの人」，也就是「剛剛在那裡的人」，並不是指「現在在這裡的人」。

6 番—1

男 これ食べてくれる？

女 1 うん。じゃいただくね。

2 え？くれないよ。

3 あ、君も食べていいよ。

中譯

男 可以幫我吃這個嗎？
女 1 嗯，那我就不客氣了。
　 2 咦？不給我喔。
　 3 啊，你也一起吃嘛。

解析

● 食べてくれる（幫我吃）

7 番—3

女 この箱をここに置かせてもらえませんか。

男 1 自分で置けないの？

2 この箱はあげられないなあ。

3 邪魔にならないからいいよ。

中譯

女 可以讓我把這個盒子放在這裡嗎？
男 1 不能自己放嗎？
　 2 這個盒子不能給你啊。
　 3 因為不會占空間，所以放著吧。

解析

● 邪魔にならない（不會占空間）

聴解

8 番—2

女 これ、隣のおばさんにあげてくれる？

男 1 じゃ、今晩返してもらうね。

　　2 じゃ、今晩渡しに行くね。

　　3 じゃ、今晩もらいに行くね。

中譯

女 可以幫我把這個東西拿給隔壁的阿姨嗎？

男 1 那麼，今天晚上要歸還喔。

　　2 那麼，我今天晚上拿過去。

　　3 那麼，我今天晚上去拿。

解析

● …にあげてくれる（幫我拿給…）

難題原因

● 此題在測驗語言使用上很細微的語感。

● 必須知道「動詞て形＋くれる」的正確含意和用法才能做出正確的回應。

● 「動詞て形＋くれる？」是表示「動詞て形＋ください。いいですか」（請幫我做…。可以嗎？）。

言語知識（文字・語彙）

1

① 4　疑って——うたがって

② 1　笑顔——えがお

③ 1　大家——たいか

④ 2　油断——ゆだん

⑤ 4　羨む——うらやむ

⑥ 1　影響——えいきょう

⑦ 4　険しい——けわしい

⑧ 2　落着いた——おちついた

> **難題原因**
>
> ③：
> ● 漢字詞彙「大家」有兩種意義：
>   (1) 大家（たいか）：大師
>   (2) 大家（おおや）：房東
> ● 必須先根據前後文判斷是哪一個字彙，才能選對發音。
>
> ⑤⑦：屬於中高級日語的字彙，可能很多人不知道如何發音。

2

⑨ 2　夏の間、小学校のプールを対外に開放している。
夏季時，小學的游泳池會對外開放。

⑩ 4　最高の贈り物を選んだ。
選擇了最好的禮物。

⑪ 3　彼は本当に口が減らない。
他真是強詞奪理。

⑫ 3　看護婦は病気の人を介抱する。
護士照顧生病的人。

⑬ 4　今日は快晴の日和だ。
今天是晴朗的天氣。

⑭ 2　この間のテストを返した。
前幾天的考卷發回來了。

> **難題原因**
>
> ⑩：
> ● 選項 1、2、3、4 的（送り、贈り）發音都是「おくり」，容易搞混。
> ● 選項 1、2、3、4 的（者、物）發音都是「もの」，是另外一個陷阱。
> ● 可能很多人會誤以為「おくりもの」的漢字是「送り物」。
>
> ⑫：
> ● 屬於中高級日語的字彙，可能很多人不知道漢字的寫法。
> ● 相似説法是「世話をする」、「面倒を見る」，都是「照顧」的意思。

3

⑮ 1　**這個價格是含稅的。**
1　包含
2　帶有、參雜
3　包含
4　只有

⑯ 1　**他的高爾夫技巧很厲害。**
1　技巧
2　診所
3　洗衣服
4　科學技術

⑰ 1　**身體健康，心情就好。**
1　気分がいい：心情愉快
2　気色：感覺（慣用表達是「気色が悪い」（令人作嘔的））
3　気味がいい：無此用法（慣用

言語知識（文字・語彙）

表達是「気味が悪い」（詭異
的））

　　4　機嫌がいい：高興、快活

⑱　2　睡了一下，頭腦清醒了。
　　1　すっかり：全部、完全
　　2　すっきり：清爽、舒暢
　　3　すっぽり：完全覆蓋的樣子
　　4　しっかり：牢固地

⑲　4　為了修習瑜珈去了印度。
　　1　修養
　　2　保養、養病
　　3　學完既定課程
　　4　學習（技藝）、修行

⑳　2　如果能讓心儀的人了解自己的
　　　心意就好了。
　　1　想法、看法
　　2　心意、想念
　　3　感受、情緒
　　4　感官的感覺

㉑　1　因為沒有運動，身體變得僵硬無
　　　比。
　　1　コチコチ：硬梆梆的樣子
　　2　プチプチ：捏碎小東西時發出
　　　　的聲音
　　3　フワフワ：柔軟、軟綿綿的樣子
　　4　ガタガタ：硬物碰撞發出的嘎搭
　　　　嘎搭的聲音

㉒　4　老是做沒意義的事情，所以效率
　　　很差。
　　1　高價
　　2　正確的
　　3　極好的
　　4　沒用的、沒意義的

㉓　4　我覺得那件衣服沒什麼品味。
　　1　要領
　　2　眼力、鑑別力
　　3　感覺

4　趣味が悪い：沒品味

難題原因

⑮：
● 選項 1、2、3 的意思看起來都正
確，但是正確用法是「税金込
み」（含税）。
● 選項 2「名詞＋入り」是「帶
有⋯、參雜⋯」的意思，例如：
「ミルク入りの紅茶」（加牛奶
的紅茶）。

⑱：
● 選項 1、2、4 字形非常相似，容
易混淆。但是意思完全不同，務
必要清楚區分。
● 選項 3「すっぽり」是「擬聲擬
態語」。

㉑：
● 屬於「擬聲擬態語」的考題，4
個選項的「擬聲擬態語」都有難
度。
● 而且這種考題最大的困難點在於
即使知道其中一兩個「擬聲擬態
語」，也未必有助於答題。因為
考點可能剛好在你所不知道的選
項。

4

㉔　4　そろえた ── 使⋯一致
　　1　留長
　　2　分開
　　3　把⋯變短
　　4　剪成一樣長度

㉕　3　みじめ ── 悲慘的
　　1　優秀的
　　2　奢侈的
　　3　可憐的
　　4　幸福的

㉖ 1 めずらしい —— **稀少**
   1 稀少
   2 可愛的
   3 有趣的
   4 受歡迎

㉗ 4 やっぱり —— **果然、與預測的一樣**
   1 仔細想想的話
   2 令人意外的是…
   3 與平常一樣
   4 正如…所想的

㉘ 3 おそろい —— **同一款**
   1 相同的大小
   2 相同的公司
   3 相同的花樣
   4 相同的感受

> **難題原因**
>
> ㉔：「そろえる」（使…一致）屬於中高級日語的字彙，課本未必經常出現，但日本人普遍使用。
>
> ㉘：「おそろい」（同一款）屬於中高級日語的字彙，課本未必經常出現，但日本人普遍使用。

5

㉙ 3 そろそろ —— **差不多該…了**
差不多要回去了，否則電車就停駛了。

㉚ 4 かばう —— **袒護**
她為了袒護犯人而說謊。

㉛ 2 具合 —— **身體狀態**
住院之後，身體狀態好很多了。

㉜ 4 素直 —— **坦率**
他無法坦率地說出「喜歡」這個字。

㉝ 3 なつかしい —— **懷念的**
回想起學生時代，就覺得很懷念。

> **難題原因**
>
> ㉙：「そろそろ」的意思比較抽象，不容易掌握真正含意，但是日本人經常使用。
>
> ㉚：「かばう」是屬於中高級日語的字彙，可能很多人不知道正確意思和用法。

言語知識（文法）• 読解

1

① 3 **試著求救，打了電話給119。**
　1 …を求める：尋求…
　2 …を求めた：尋求了…
　3 …を求めよう（とする）：試著尋求…
　4 …を求めまい：不要尋求…

② 4 **他甚至撒謊，為了想要只有自己得到利益。**
　1 ウソをつくから：因為要撒謊
　2 ウソをついたから：因為撒謊了
　3 ウソをつかないで：不要撒謊
　4 ウソをついてまで：甚至撒謊

③ 1 **相片上的是樣本。商品的款式有時候會根據狀況做改變。**
　1 都合により：根據狀況
　2 都合ならば：（無此用法）
　3 都合よく：只考慮自己做…
　4 都合悪く：（無此用法）

④ 3 **為了不要灑出來，請小心拿。**
　1 こぼさないから：因為你不會（讓東西）灑出來
　2 こぼさないでも：即使不要灑出來
　3 こぼさないように：為了不要灑出來
　4 こぼさないようで：因為你好像不會讓東西灑出來

⑤ 2 **病情的進展會根據患者是否有免疫力而不同。**
　1 免疫があるだけでも：即使只有免疫力也…（後面不能接續「によって」）
　2 免疫があるかどうかによって：根據是否有免疫力…
　3 免疫があってもなくても：不管有沒有免疫力（後面不能接續「によって」）
　4 免疫があるかもしれない：也許有免疫力（「かもしれない」必須放在句尾）

⑥ 3 **本來想洗衣服的，結果停水。**
　1 …をすると思ったら：（無此用法）
　2 …をしてと思ったら：（無此用法）
　3 洗濯をしようと思ったら：想要洗衣服，結果…
　4 …をしないと思ったら：（無此用法）

⑦ 3 **明知道不要抽煙比較好，可是還是抽了。**
　1 タバコは吸う方がいい：抽煙比較好
　2 タバコは吸った方がいい：抽煙比較好
　3 タバコは吸わない方がいい：不要抽煙比較好
　4 動詞なかった形＋方がいい：（無此用法）

⑧ 1 **這道料理看起來就很好吃的樣子。**
　1 おいしそう：好像很好吃的樣子
　2 おいしいそう：聽説很好吃
　3 おいしいらしい：聽説很好吃
　4 おいしいみたい：好像很好吃（「みたい」是根據某個事實所做的判斷，前面不會用「見るからに」（看起來就…））

⑨ 1 **我被社長交代要到這裡來。**
　1 来るようにと言われました：被交代要來（「動詞原形＋ように」（要對方做…））
　2 来ますようにと言われました：（無此用法）
　3 いらっしゃいますようにと言われました：（無此用法）
　4 いらっしゃいましたようにと言われました：（無此用法）

⑩ 4 **就算要賣掉我的愛車，我也想得到這個骨董。**

1 動詞て形＋から：做…之後再…
2 動詞て形＋なら：（無此用法）
3 動詞て形＋こそ：做…才是…
4 動詞て形＋でも：就算要…也…
（後面接續「堅持要做的動作」）

⑪ 4 我覺得天氣會變好，所以沒有帶傘。
1 気持ちだ：心情
2 気分だ：心情
3 気がある：有意
4 よくなる気がした：覺得會變好

⑫ 4 別人的心情，不是本人的話是不會了解了。
1 本人では：本人的話
2 本人でも：就算是本人也…
3 本人でさえ：連本人都…
4 本人でないと：不是本人的話

⑬ 3 我把工作當作是唯一興趣。
1 …だけに趣味とする：（無此用法）
2 …だけで趣味とする：（無此用法）
3 仕事だけを趣味とする：只有把工作當作興趣
4 …だけが趣味とする：（無此用法）

難題原因

①：
● 此文省略了部分文字，所以不容易理解正確意思。
● 完整的説法為「救助を求めようとして 119 に電話した。」（試著求救，打了電話給 119。）
● 句中的「動詞意向形＋とする（想要做…、試著做…）是慣用表達，必須理解意思及用法才可能答對。

②：
● 「動詞て形＋まで（甚至做…）是慣用表達，必須理解意思及用法才可能答對。
● 這個用法對 N3 來說算是偏難的。

④：
● 「動詞ない形＋ように…（為了不要做…）是慣用表達，必須理解意思及用法才可能答對。
● 這個用法對 N3 來說算是偏難的。

⑬：
● 「名詞A＋を＋名詞B＋とする」（把 A 視為 B）是慣用表達，必須理解意思及用法才可能答對。
● 這個用法對 N3 來說算是偏難的。

2

⑭ 3 いざと **3 言う時の** **2 ために** 1 家に 4 消火器 を置いてある。

為了緊急時刻，在家中擺放滅火器。

解析
● いざと言う時（緊急時刻）
● 名詞＋の＋ために（為了…）
● 名詞A＋に＋名詞B＋を＋置いてある（在 A 有擺放 B）

⑮ 2 混戦が 1 予想 4 されたが **2 実際には** 3 圧勝 だった。

本來預期會有一場混戰，事實上卻獲得壓倒性的勝利。

言語知識（文法）• 読解

【解析】

- 名詞＋が＋予想された（原本預期是…）
- 実際には＋名詞＋だった（事實上卻是…）

⑯ 1 パソコンは　2 便利だが　4 ストレスを　3 感じる　1 不具合★も　多くある。

電腦雖然很方便，但是也有很多讓人覺得厭煩的操作問題。

【解析】

- 名詞＋は＋便利だが（…雖然很方便，但是…）
- ストレスを感じる（覺得厭煩）
- 名詞＋も＋多くある（也有很多…）

⑰ 2 ロシアは　3 寒いのに　2 ロシア人は　1 アイスクリームを★　4 よく　食べる。

俄羅斯雖然天寒地凍，俄羅斯人卻經常吃冰淇淋。

【解析】

- …は寒いのに（…雖然很冷，卻…）
- アイスクリームをよく食べる（經常吃冰淇淋）
- 本題3241也是文法正確的日語語順，但日本人較常用的是3214。

⑱ 2 最近の　3 ケータイは　2 付属★機能が　1 すごくて　4 万能の小道具になっている。

最近的手機的附屬功能很厲害，變成了萬能小道具。

【解析】

- 最近の＋名詞（最近的…）
- 名詞＋が＋すごい（…很厲害）
- 万能の小道具（萬能的小道具）

【難題原因】

⑭：要知道「いざと言う時」（緊急時刻）這個慣用表現，才可能答對。

⑰：要知道「…のに」（雖然…卻…）這種「和預期的結果不同，讓人意外」的用法，才可能答對。

3

⑲ 3
1 まだ：還沒（後面的接續不能是「…になる」）
2 まず：首先（後面的接續不能是「…になる」）
3 もう80歳になる：已經要80歲
4 でも：即使（前面的接續不能是「…は」）

⑳ 1
1 …はずなのに：明明應該…，但是…
2 …ことなのに：雖然…的事情，但是…
3 …ときなのに：雖然…的時候，但是…
4 …ほどなのに：雖然…的程度，但是…

㉑ 4
1 まだ：仍然（文法接續正確，句意也通順，一般不會使用這種說法）
2 でも：即使（文法接續正確，但句意不通順）
3 よく：經常（文法接續正確，句意也通順，但一般不會使用這種說法）
4 さもえらそうに：好像很自以為是地…

㉒ 2　1　満足するから：因為滿足
　　　2　満足するまで：直到滿足（「満足するまで、話は終わらない」等同「満足したら、話は終わる」，表示「滿足的話，談話才會結束」）
　　　3　満足するとき：滿足的時候
　　　4　満足するほど：會滿足的程度

㉓ 1　1　勝手にしゃべらせておけ：放任對方講話不管他
　　　2　簡単に：簡單地
　　　3　気軽に：輕鬆地
　　　4　完全に：完全地

難題原因

⑳：必須知道「…はず」（應該…）這種表示「推測」的用法才能正確作答。

㉑：必須知道「さも…そうに」（好像…的樣子）這種慣用説法，才能正確作答。

㉓：
● 必須知道「勝手に～せておく」這種慣用説法，才能正確作答。
● 「～せておく」表示「放任…」，前面加上「勝手に」是表示強調。
● 文中的句尾變成「～せておけ」是一種比較粗魯的語氣。

4
(1)
㉔ 4　**冰敷頭部也無法使熱度退下來。**
　　 題目中譯　以作者的觀點，以下何者正確？

(2)
㉕ 1　**心靈的傷害也會對身體造成影響。**

題目中譯　從這份調查結果中可以確認哪件事情？

(3)
㉖ 3　**手指頭根部的關節。**
　　 題目中譯　作者以前學過的「第一關節」是指哪一部分的骨頭？

(4)
㉗ 1　**用奶油炒的蛋。**
　　 題目中譯　最近骨頭不好、皮膚和毛髮都很乾燥的Yuri應該吃哪一種食物比較好？

難題原因

㉖：
● 文章主要在討論「第一關節」和「第二關節」分別在哪裡，所以不斷提出各種看法，很容易被混淆。
● 要注意題目問的是「作者以前學過的第一關節」。答題線索在「以前には「心臓に近いほうから第一関節、第二関節と呼ぶ」と習った。」這個部分。

5
(1)
㉘ 3　**因為並不是所有的事情都能按照所説的去運作。**
　　 題目中譯　為什麼許多人會覺得自己的信賴遭到背叛？

㉙ 1　**只期待自己方便的事情。**
　　 題目中譯　作者所説的「依賴」是什麼意思？

㉚ 2　**寬容。**
　　 題目中譯　以下何者最接近作者所説的「信賴」？

言語知識（文法）• 読解

(2)

③① 3 **明明左手比較靈活，卻沒有注意到。**

　　題目中譯　所謂的「潛在性的左撇子」是什麼意思？

③② 4 **人為的習慣。**

　　題目中譯　作者所認為的慣用手的決定要素是什麼？

③③ 2 **因為右撇子的動作只要稍微改變，就可以成為左撇子的另一種動作。**

　　題目中譯　作者主張慣用手是人類自以為是的認定，這個根據是什麼？

難題原因

㉘：
- 必須理解這裡提到的「信頼を裏切られた」到底是什麼意思，才能正確作答。
- 可以從「例えば、友達に～」などと言う。」這個部分知道「信頼を裏切られた」指的是「相信朋友的話做了某件事，但卻沒有得到預期的效果，所以覺得遭到背叛」。

㉚：
- 閱讀全文後，不容易從文章中找到和問題相關的線索。
- 答題關鍵在於「本当にその人を～まないはずだ。」這個部分。

6
㉞ 4 **因為可以想像各種自己所不知道的世界。**

　　題目中譯　文中提到，①在國內完全不聽收音機，但是在旅行地點卻不一樣，在外國愛上了在國內不會聽的收音機，為什麼會這樣說？

㉟ 1 **因為想像力受到刺激。**

　　題目中譯　②所以才覺得好，其原因是什麼？

㊱ 3 **因為這裡沒有現實的生活，好像一場夢。**

　　題目中譯　作者說③只是觀光時走馬看花的幻想，這是來自於什麼樣的心情？

㊲ 2 **這個未知的世界也是我的一部分。**

　　題目中譯　以下何者最接近作者所說的④在異鄉聽收音機會讓人提振精神？

難題原因

㉞：
- 答題線索零散分布在文章中，閱讀全文後，要有能力歸納、並正確掌握作者想表達的重點，才可能答對的考題。文章的閱讀力和理解力都要好。
- 可以從「そんな想像力を働かせると、ラジオを通して見知らぬ人とつながり、世界が広がったような不思議な気持ちになる。」這個部分判斷出正確答案。

㊱：
- 屬於閱讀全文後，要有能力歸納、並正確掌握作者想表達的重點，才可能答對的考題。文章的閱讀力和理解力都要好。
- 答題關鍵在於「当地の人には自分にしかない現実の人生がそこにある。」這個部分。從這個部分可以知道作者要表達的是「當地人在那裡有現實的生活，自己在當地沒有現實的生活」。

㊲：
- 閱讀全文後，不容易從文章中找到和問題相關的線索。
- 答題關鍵在於「私にとっての彼〜ストラの一人。」這個部分。

7　㊳　**4**　**第四個星期天以外的授課日是用○圈起的。**

題目中譯　關於這個表的閱讀方式，以下何者是錯誤的？

㊴　**2**　**七月的第四個星期天，兩點就去上課了。**

題目中譯　蓋爾搞錯時間，跑去上課了。會是什麼時候？

難題原因

㊴：
- 要注意到如果有變更時間，會在日期後方用（）加註變更的時間。
- 七月的第四個星期天改成下午三點開始上課，蓋爾兩點就去上課，是搞錯了時間。

聴解

1

1番——2

男の人と女の人が話しています。男の人は一番最後に何をしますか。

男 駅でかばんを落としちゃったんだ。で、電話したんだけど、ないって言うんだ。

女 次は警察かなあ。キャッシュカードとか、携帯電話とかも入ってたの？

男 うん。

女 それはまずいなあ。警察に行く前に、携帯電話の会社とカードの会社に電話して、止めておいたほうがいいよ。

男 そうだね。特にカードはまずいから、携帯電話よりも先に止めないとね。

女 この携帯電話使ってもいいわよ。

男の人は一番最後に何をしますか。

解析

● キャッシュカード（提款卡）
● それはまずいなあ（那樣就糟糕了）
● 止めておいたほうがいい（先停用比較好）

2番——3

店長と店員が話しています。店員はせんべいをいくつ注文しますか。

男 ラーメンとサラダオイルとせんべいを、棚に補充しておいてくれるかな。この感じだと、ラーメンが３０袋、サラダオイルが１５個、せんべいが１０袋だな。

女 ラーメンは、もう佐々木さんが行きました。それと、せんべいは今倉庫にもありません。

男 だったら、サラダオイル持ってきてね。それから、せんべいは注文しといてくれるかな。

女 はい。いくつぐらい注文しましょうか。

男 まあ、１００袋もあればいいかな。でもまあ、２０袋多めに注文しておいて。あと、ラーメンもついでに頼もう。

女 はい。いくつでしょうか。

男　２００袋ほどお願い。

女　はい。

店員はせんべいをいくつ注文しますか。

解析
- サラダオイル（沙拉油）
- １００袋もあればいいかな（有100袋的話就夠了吧）
- でもまあ（不過嘛）
- ２０袋多めに注文しておいて（要多訂購20袋）
- ラーメンもついでに頼もう（拉麵也順便訂購吧）
- 要注意題目問的是煎餅訂購的數量，不要被其他物品的訂購數量混淆。

3番—3

上司と部下が話しています。部下は山下商事に行く直前に、何をしなければなりませんか。

男　ちょっとこの書類を山下商事まで持って行ってくれないかな。

女　はい。

男　このリストの書類が全部入っているか確認してね。

女　はい。

男　あ、そうだ。この書類を渡す前にコピー取っとかないと。

女　はい。

男　この書類の封筒を糊付けして封をして渡してね。

女　はい。

男　あ、でも出発する前に電話したほうがいいな。今日は休日だから、休みだったら行く意味がないから。

女　そうですね。

部下は山下商事に行く直前に、何をしなければなりませんか。

解析
- 行く直前に（要去之前）
- リスト（一覧表）
- コピー取っとかないと（必須先影印好）
- 封筒を糊付けして封をして（信封用漿糊黏好封上封口）
- 女性必須做的事情依序為：確認一覧表上的資料是否都包含在內→影印資料→裝資料的信封用漿糊黏好封上封口→打電話給山下商事確認對方有沒有放假→拿資料去山下商事

4番—3

母と息子が話しています。息子は何を買いに行きますか。

女　非常時持ち出し袋の中身、そろそろ新しいのに変えないとね。古くなったら使えないから。非常時持ち出し袋持ってきて。

男　うん。

57

聴解

女 電池は入ってる？

男 ない。

女 ラーメンはもうすぐ期限でしょ？

男 いや、このまえ入れ替えたから大丈夫だよ。

女 ミネラルウォーターは？

男 古くなってるから、取り替えたほうがいいと思うよ。

女 ライターは入ってる？

男 あるけど、ガスがないなあ。

女 じゃ、必要なものを買ってきて入れておいてね。

男 うん。

息子は何を買いに行きますか。

解析
- 非常時持ち出し袋（緊急時期的防災道具包）
- そろそろ新しいのに変えないとね（差不多必須換成新的）
- もうすぐ期限でしょ？（馬上要到期了吧？）
- ミネラルウォーター（礦泉水）
- ライター（打火機）

5 番—3

男の学生と女の学生が、期末レポートについて話しています。期末レポートは、どこをまとめなければなりませんか。

男 先生、期末レポートのこと、まだ何も言ってないよね。

女 さっき言ってたじゃない。

男 トイレに行ってたときに言ったのかな。聞いてなかったよ。

女 前回のテストがテキストの最初から第12章までだったでしょ。今回のテストが15章から20章で、前回と今回のテスト範囲の間の部分を読んで、まとめるの。

男 けっこう大変そうだな。

期末レポートは、どこをまとめなければなりませんか。

解析
- 期末レポート（期末報告）
- さっき言ってたじゃない（剛才不是説過了嗎？）
- テキスト（教科書）
- 期末報告要閱讀歸納的是上次考試範圍和這次考試範圍之間的內容。
- 上次考試範圍是第 1 章到第 12 章，這次考試範圍是第 15 章到第 20 章，所以兩次考試範圍之間的內容是第 13 章到第 14 章。

6 番—1

上司と部下が話しています。今からどういう順番で、何をしますか。

男 今日、台湾のMKS社から、お客さんが来るよね。どういう風にスケジュール立てているの？

女 まず、プレゼンを予定しております。

男 プレゼンでは、将来の計画についても説明するの？

女 いえ、今年の計画のみです。

男 それでは、ちょっと内容が足らないなあ。将来のことも入れておかないと。

女 そうですか。じゃ、今から急いでコンピューターで資料を整理して、もう一つパワーポイントを作っておきます。

男 今晩は空いているかな？今晩は、MKSの人と会食にしようかと思ってるんだけど、どうかな？

女 大丈夫です。

今からどういう順番で、何をしますか。

解析

- どういう風にスケジュール立てているの（行程是怎樣安排的？）
- プレゼン（簡報）
- パワーポイント（PowerPoint投影片）
- 会食（聚餐）

難題原因

- 對話中可能隨時因為某個因素改變動作的步驟，聆聽時一定要將各個細節一一記錄下來才能正確作答。

- 答題的關鍵線索是「ちょっと内容が足らないなあ。将来のことも入れておかないと。」這句話。因為女性提出要簡報説明今年的預定計畫時，男性覺得只有今年的不夠，建議必須加上未來的部分，所以女性必須先用電腦整理資料製作PowerPoint投影片。
- 女性接下來的步驟是：用電腦整理資料製作PowerPoint投影片→向客戶做簡報→晚上和客戶用餐。

2

1 番—2

男の学生と女の学生が話しています。男の学生は、なぜ軽音楽部にしましたか。

女 何部に入る？

男 野球部なんていいねえ。でも、サッカー部もかっこいいなあ。柔道部も強いから、全国大会行けるみたいだし。軽音楽部でバンドやるのもかっこいいよね。

女 決められないみたいね。

男 どれもよさそうだからね。

女 でも、うちの学校の運動部は、どれも夜遅くまで練習しないといけないよ。

男 それは困るなあ。塾にも行かないと、いい大学行けないから。だったら、軽音楽

聴解

部にしよう。

男の学生は、なぜ軽音楽部にしましたか。

解析

- バンドやる（玩樂團）
- 決められないみたいね（似乎很難決定）
- どれもよさそうだから（因為每一個看起來好像都不錯）
- 夜遅くまで練習しないといけない（晚上必須練習到很晚）

難題原因

- 對話中男性針對想參加的社團提出自己的想法，而且女性也提出建議，必須一一筆記下來分析。
- 而且所記住的，未必剛好和選項的敘述方式完全一致，必須完全聽懂內容，並且自己融會貫通才能正確作答。
- 答題的關鍵線索有兩點：
  (1) うちの学校の運動部は、どれも夜遅くまで練習しないといけないよ。（我們學校的運動社團每一個都是晚上必須練習到很晚喔！）
  (2) それは困るなあ。塾にも行かないと、いい大学行けないから。（那樣就麻煩了，因為不去補習班的話就考不上好大學了。）
- 所以男性選擇去沒有那麼忙的「輕音樂社團」。

2 番—2

夫と妻が話しています。二人は、なぜそのホテルに決めましたか。

男 この本に載ってるホテルから選ぼうと思うんだ。どのホテルが一番よさそう？

女 ここが一番よさそうよ。屋上にプールがあって、下を眺めるとスリルありそう。そ

れに、高層ビルだから、市内が一望できるそうよ。建物もとても新しいよ。

男 そうかな。このホテルもよさそうだよ。市内の中心部にあるし、建物もきれいだから。それに、このホテルのほうが、よっぽど安いよ。そのホテルは高すぎ。予算オーバーだよ。

女 じゃ、これは？安いわよ。

男 安いけど、建物がけっこう古いなあ。

女 じゃ、予算のこととか総合的に判断して、さっきのにしよう。

二人は、なぜそのホテルに決めましたか。

解析

- 一望できる（可以一覽無遺）
- プール（游泳池）
- スリルありそう（好像很刺激）
- よっぽど安い（更加便宜）
- 予算オーバー（超過預算）
- 総合的に判断して（綜合考慮）

3 番—2

男の人と女の人が話しています。二人は、なぜ海岸の写真を優秀作品に選びましたか。

男 優秀作品は、どれを選びますか。

女 この富士山の写真なんかどうですか。美しい色が出ていますね。

男 私はこの海岸の写真のほうがすごいと思いますよ。構図がすばらしいと思います。プロの領域ですよ。

女 この稲妻の落ちる瞬間の写真もすごいですね。色合いがきれいだし、この瞬間を狙って撮るのは至難の業ですよ。

男 でも、これは連続撮影機能を使えば簡単に撮れますよ。

女 でしたら、やっぱりこの海岸の写真ですね。

二人は、なぜ海岸の写真を優秀作品に選びましたか。

解析

- プロ（專業）
- 稲妻（閃電）
- 色合い（色調）
- 狙って（瞄準）
- 至難の業（非常困難的事情）

4番—3

女の人と店員が話しています。女の人は、なぜこの製品に決めましたか。

女 ノートパソコンは大きすぎるんですよ。でも、スマートフォンじゃ、コンピューターほど便利じゃないんですよ。

男 タブレットパソコンはどうでしょうか。

女 タブレットパソコンは、性能があまりよくないですよね。

男 でしたら、ミニノートパソコンは？

女 ミニノートは、タブレットほどじゃないけど、少し処理速度が遅いですよね。

男 いや、それは安いミニノートですよ。高いミニノートは、そんなことありませんよ。ノートパソコンと同じですよ。

女 動きが重くありませんか。

男 最近のは軽いんですよ。

女 じゃ、それにします。

女の人は、なぜこの製品に決めましたか。

解析

- ノートパソコン（筆記型電腦）
- スマートフォン（智慧型手機）
- コンピューターほど便利じゃないんです（不像電腦那麼方便）
- タブレットパソコン（平板電腦）
- ミニノートパソコン（迷你筆電）
- 動きが重くありませんか（運作速度慢嗎？）

難題原因

- 必須知道對話內容提到的「動きが重くありませんか」這句話的意思才能正確作答。
- 「動きが重い」的意思和「動きが遅い」類似，表示「運作速度慢」。

聴解

5 番—2

男の店員と女の店員が話しています。なぜ杉本さんに、昼から来るようにお願いしませんか。

男 今日は広岡さんは、インフルエンザで休むそうだよ。

女 厨房とレジは減らすことできないから、ホール係が1人減るねえ。

男 なんとかなるんじゃないかな。

女 今日は休日だから、昼から混むと思うわ。そうなると、お客さんの注文取るのにてんてこ舞いよ。困ったわ。

男 だったら、杉本さんに応援に来てもらおうよ。

女 でも、杉本さん、今日は朝から夕方までみどり町店のシフトに入ってるはずだけど。

男 じゃ、夕方から来てもらえばいいんじゃない。杉本さんタフだから、大丈夫だよ。夕方までは、何とか頑張ろうよ。

なぜ杉本さんに、昼から来るようにお願いしませんか。

解析
- インフルエンザ（流行性感冒）

- レジ（結帳櫃檯）
- ホール係（負責外場的人）
- なんとかなるんじゃないかな（船到橋頭自然直吧）
- てんてこ舞い（忙的團團轉）
- 応援に来てもらおう（請某人過來幫忙吧）
- シフトに入ってるはず（應該有排班了）
- タフ（很有體力的）
- 何とか頑張ろう（設法努力吧）

6 番—2

ラジオで女の人が話しています。この人は、いつもどんなときにお風呂掃除をしていますか。

女 私は、お風呂の掃除のために、わざわざ時間をとりません。お風呂に入ったついでに少しずつ掃除しています。浴槽が汚れていれば、スポンジで落として浴槽の残ったお湯で流します。汚れに気づいたときは、放っておかずにすぐに落とします。汚れを放っておくと、ますます落ちにくくなるからです。少しずつ掃除をすれば、お風呂掃除の時間をとる必要もないし、汚れもすぐに落ちるし、一石二鳥です。

この人は、いつもどんなときにお風呂掃除をしていますか。

解析
- わざわざ時間をとりません（不會特地騰出時間）

- ついでに（順便）
- 少しずつ（一點一點地）
- スポンジで落として（用海綿清除後再…）
- 残ったお湯で流します（用剩餘的熱水沖洗）
- 放っておかずにすぐに落とします（不要放著不管，馬上清除）
- 放っておくと、ますます落ちにくくなる（放著不管的話會變得更難清除）
- 一石二鳥（一舉兩得）

3

1 番──4

男の社員と女の社員が話しています。

女 寺田さんは、どの会社と取引するのがいいと思いますか。

男 岡田工業は、技術は優れているんですが、製品の値段がずば抜けて高いですよね。熊田工業のは、技術は岡田工業よりも少しだけ劣りますが、値段はずっと安いんですよ。まあ、候補はこの2社です。

女 パソコン大手、DEXも、岡田工業の部品を採用しているようです。パソコンシェア2番目の大手CPは、熊田工業の部品を採用しているようです。

男 部品のクオリティーの差はあまり大きくないのに、価格は大きく違うんですよね。

女 あまり差はないのにそんなに高いお金を払うのは、割に合わないですね。

男 品質の差が大きいんならともかく…

女 そうですね。わが社は、そこまでの品質を要求しないので。

男 でしたら、もう決まりですね。

どんな理由で、どちらの会社と取引することにしましたか。

1 製品のクオリティーが高い岡田工業と取引する
2 製品のクオリティーが高い熊田工業と取引する
3 クオリティーと価格の差を考慮し、岡田工業と取引する
4 クオリティーと価格の差を考慮し、熊田工業と取引する

解析
- 取引する（交易）
- 値段がずば抜けて高いです（價錢差距很大、貴很多）
- 劣ります（遜色）
- パソコン大手（電腦大廠牌）
- パソコンシェア2番目（電腦市占率第二名）
- クオリティー（品質）
- 差はあまり大きくないのに（明明差別不大，卻…）
- 割に合わないです（不划算）
- 品質の差が大きいんならともかく…（品質差別很大的話就無所謂…）

聴解

● そこまでの品質を要求しないので（因為不需要到那種程度的品質）

> **難題原因**
>
> ● 對話人物提出某些意見時，並沒有把話講完，省略了部分內容，所以有些對話不容易掌握真正含意。必須能夠推斷出省略沒有講完的內容是什麼，才能正確作答。
>
> ● 答題的關鍵線索在於「品質の差が大きいんならともかく…」（如果品質差異很大的話就無所謂…），可以推斷後面要說的應該是「因為品質差異不大，所以買貴的也沒有意義」。

2 番—2

おんな がくせい がっこう じむいん はな
女 の学生と学校の事務員が話しています。

女 あの、奨学金のことでお聞きしたいんですが。

男 何ですか。

女 第一種、第二種の二種類の奨学金がありますよね。何が違うんですか。

男 第一種は無利子で、第二種は低利子で学費を借りられます。第一種は厳しい審査がありますが、第二種は希望すれば誰でも借りられます。

女 家庭の事情という欄には、何を書けばいいんですか。

男 どんな家庭の事情があるのかを書けばいいんです。でもその欄は、審査ではあまり重視されません。うそをついて悲惨な家庭事情を書く必要はないんです。

女 じゃ、どんな欄が重視されるんですか。

男 ローンについての状況を書く欄が重視されます。たとえば、住宅購入のローンがきつい人などが、優先されます。ローンが組めるんだから豊かなうちだと判断されるということはありません。最近は、貧乏な家庭の人が奨学金を返さないケースが増えているので、貧乏な人が優先されるというわけではありません。

第一種の奨学金は、どんな人が審査に通りやすいですか。

1 家庭事情が悲惨な人
2 ローンをたくさん借りている家庭の人
3 貧乏な人
4 どんな人でも審査に通る

> **解析**
>
> ● 奨学金（助學貸款）
> ● 無利子（無利息）
> ● 低利子（低利息）
> ● 希望すれば誰でも借りられます（提出要求的話無論是誰都可以借錢）
> ● 家庭の事情（家庭狀況）
> ● あまり重視されません（不太被重視）
> ● 住宅購入のローンがきつい人（有購屋貸款壓力的人）
> ● ローンが組めるんだから豊かなうちだと判断される（因為可以貸款就被斷定是富裕的家庭；「ローンを組む」

（貸款）是常用表達。）

● ケース（案例）

● 貧乏な人が優先されるというわけではありません（並不是貧窮的人就會被優先考慮）

3 番——4

ラジオで男の人が話しています。

男 私はこの量販店に行ったら、まず写真をプリントに出します。そうすると、量販店を出るころには写真が出来上がっています。写真を出してから、まずクーポンを手に入れます。それを見れば、その日の特売商品がわかります。それから、電気製品、日用品などがあるところを見ます。その次は、薬や調味料が置いてあるところに行きます。それらを見終わると、ちょうどおなかがすいています。それから、食品売り場に行って、試食を食べあさります。おいしいものをたくさん食べてから、最後に肉や魚を買って、写真を受け取って、食品が新鮮なうちにうちに帰ります。

この人は、なぜ最初に写真を出しますか。

1 食品を買うと写真が汚れるから

2 そうすると手が空いて他の買い物が楽になるから

3 写真を出すところが入り口にあるから

4 そうするとちょうど帰るころに写真が受け取れるから

解析

● 写真をプリントに出します（把相片拿去沖洗）

● 写真が出来上がっています（相片會沖洗好）

● クーポン（折價券）

● 試食を食べあさります（四處尋找試吃）

● 食品が新鮮なうちに（趁食品還新鮮的時候）

4

1 番——2

ここは美術館です。この絵がいいかどうか聞きたいです。何と言いますか。

1 よくもまあこんな絵を描けたよね。

2 あの絵、とてもよく描けてるね。

3 こんな絵、どうでもいいとおもわない？

解析

● よくもまあこんな絵を描けたよね（你也真敢畫這種畫啊）

● とてもよく描けてるね（畫得很好對吧？）

● どうでもいいとおもわない？（你不覺得怎麼樣都無所謂嗎？）

聴解

2 番—2

ここは交番です。子供は道に落ちていた財布を持ってきました。何と言いますか。

1 この財布、そこに見つけるんです。

2 この財布、そこで拾ったんです。

3 この財布、そこで取ったんです。

解析

● 交番（派出所）

● 見つける（找到、發現）

● 拾った（撿到）

3 番—1

ここは会社です。上司に書類を見てもらいたいです。何と言いますか。

1 すみませんが、この書類を見てもらえませんか。

2 すみませんが、この書類を見てくれますね。

3 すみませんが、この書類を見てもらいませんか。

解析

● 上司に書類を見てもらいたいです（想請上司看資料）

● …を見てもらえませんか（可以請你幫我看…嗎？）

● …を見てもらいませんか（你不會請別人幫你看…嗎？）

4 番—2

打ち合わせをしています。この書類を見てほしいです。何と言いますか。

1 ちょっとこれを見てもいいですか。

2 ちょっとこれを見てもらえませんか。

3 ちょっとこれを見ますね。

解析

● 打ち合わせ（商量）

● …を見てほしいです（想要對方看…）

5

1 番—1

男 この前貸した本は？

女 1 まだ読んでるんだ。ごめん。

　 2 あ、まだ返さなくてもいいよ。

3 あ、そうだ。早く返してね。

（中譯）

男 之前借你的書呢？
女 1 我還在看，抱歉。
　　2 啊，還不用還啦。
　　3 啊，對喔。趕快還我吧。

（解析）

● 貸した本（借出去的書）

2 番—2

女 そろそろ行かなきゃ。

男 1 うん。行かないほうがいいかも。
　　2 ほんとだ。もう出ないと。
　　3 今日は行かないとね。

（中譯）

女 差不多該走了。
男 1 嗯，也許不去比較好。
　　2 真的，要趕快出門了。
　　3 今天不去不行吧？

（解析）

● そろそろ（差不多該…）

3 番—3

男 足らないので、あと３つくれますか。

女 1 合わせて３つですね。
　　2 あとで３つですね。

3 ３つ追加ですね。

（中譯）

男 因為數量不夠，可以再給我3個嗎？
女 1 總共是3個吧？
　　2 待會兒要3個吧？
　　3 要再追加3個對吧？

（解析）

● 足らない（不夠）

難題原因

● 此題在測驗語言使用上很細微的語感。
● 必須知道「足らない」的正確含意和用法才能做出正確的回應。
● 發話者提出「足らない」表示數量不夠，是要追加的意思。

---

4 番—3

男 どうしたんですか。

女 1 今から出かけます。
　　2 勉強したんです。
　　3 おなかが痛いんです。

（中譯）

男 你怎麼了？
女 1 現在要出門了。
　　2 已經在唸書了。
　　3 肚子好痛。

（解析）

● どうしたんですか（你怎麼了？）

聴解

- 雖然「どうしたんですか」是經常使用的説法，但可能很多人不清楚如何正確使用。
- 「どうしたんですか」是擔心對方，詢問對方「是不是有什麼問題」時所使用的。

5 番──1

女 朝ごはんは少しくらい食べたほうがいいよ。

男 1 うん。その方が健康的だよね。
　　2 食べたらいいよ。
　　3 そうかな。少しじゃ足らないよ。

中譯

女 早餐起碼要吃一點比較好喔。
男 1 嗯，這樣會比較健康吧。
　　2 如果吃了就好了。
　　3 是嗎？只吃一點是不夠的喔。

解析

● 少しくらい食べたほうがいい（起碼要吃一點比較好）

難題原因

- 必須知道「少しくらい」要表達的含意是什麼才能做出正確的回應。
- 「少しくらい」的意思和「少なくとも少し」一樣，都是表示「起碼要一點點、至少要一點點」。

6 番──2

女 それ人のものだから使っちゃだめよ。

男 1 人間のじゃない。
　　2 僕のじゃないの？
　　3 犬のじゃないの？

中譯

女 那是別人的東西，所以不能亂用喔。
男 1 不是人的。
　　2 不是我的嗎？
　　3 不是狗的嗎？

解析

● 使っちゃだめ（不可以用）

7 番──3

男 そこに靴置かないでって言ってるじゃない。

女 1 そうするよ。
　　2 そう言ってるよね。
　　3 ごめん。つい…

中譯

男 我不是説了，鞋子不要放那邊嗎？
女 1 就這麼辦吧。
　　2 是這樣説的吧？
　　3 對不起，無意中就…

解析

● つい（無意中）

8 番—3

女 この仕事は彼にはまだまだ無理だよ。

男 1 彼はもう遅いかな。

2 もうそろそろ終わるかな。

3 他の人に頼んだほうがいいかな。

中譯

女 這個工作對他來說是非常難的。

男 1 他已經遲到了嗎？

2 差不多快結束了吧？

3 是不是委託給別人會比較好呢？

解析

● まだまだ無理だ（還是非常困難的）

言語知識（文字・語彙）

1
① 3 大家——おおや

② 2 書留——かきとめ

③ 1 占った——うらなった

④ 3 禁物——きんもつ

⑤ 4 出品——しゅっぴん

⑥ 4 発覚——はっかく

⑦ 2 珍しい——めずらしい

⑧ 4 上着——うわぎ

> **難題原因**
>
> ① ：
> - 漢字詞彙「大家」有兩種意義：
>   (1) 大家（たいか）：大師
>   (2) 大家（おおや）：房東
> - 必須先根據前後文判斷是哪一個字彙，才能選對發音。
>
> ④ ：從漢字發音的角度，不容易想到「禁物」要念成「きんもつ」，容易誤念成「きんぶつ」、「きんもの」。

2
⑨ 3 会社の体制は改善（かいぜん）が必要だ。
改善公司的體制是必要的。

⑩ 1 この製品は性能がいいが格好（かっこう）が悪い。
這個產品性能很好，但是外型不好看。

⑪ 3 部下を先に帰（かえ）して、一人で残業した。
讓部屬先回去，獨自一人加班。

⑫ 4 彼女はよく縁起（えんぎ）をかつぐ。

她非常迷信吉凶兆頭。

⑬ 3 大往生で静かな最期（さいご）だった。
壽終正寢，迎接安靜的臨終時刻。

⑭ 3 サイコロの確率（かくりつ）は六分の一だ。
骰子的機率是六分之一。

> **難題原因**
>
> ⑩ ：
> - 「格好が悪い」（外型不好看）是固定用法，屬於中高級的常用表達，可能很多人不知道漢字寫法。
> - 反義說法是「格好がいい」（外型很好看）。
>
> ⑬：屬於中高級日語的字彙，常見於書面用語。

3
⑮ 1 關於這個提案，想要仔細考慮後再做回應。
　1 考慮
　2 推測
　3 預測
　4 確保

⑯ 4 許多人下車，電車裡變得空曠。
　1 打開
　2 空出、騰出
　3 透過
　4 有空隙、變少

⑰ 3 這是適合小孩的內容。
　1 喜好
　2 朝向
　3 子供向き：適合小孩
　4 靠近

⑱ 2 在他的邀約之下，客人參加了派對。

1　招呼
2　邀請、招待
3　話題
4　動作

⑲　3　**快速做準備，然後出門。**
1　收納
2　步行、走路
3　準備
4　上學

⑳　4　**因為太緊張了，喉嚨變得好乾澀。**
1　コテコテ：濃厚的樣子
2　ズルズル：拖拉重物的樣子
3　ベタベタ：糾纏、緊貼不離的樣子
4　カラカラ：沒有水分、乾巴巴的樣子

㉑　2　**這個房子蓋得很牢固。**
1　固執
2　牢固
3　踏實
4　力量大

㉒　2　**再磨蹭的話，時間就沒了。**
1　こそこそ：偷偷摸摸的樣子
2　ぐずぐず：磨蹭、慢吞吞的樣子
3　くすくす：竊笑、偷笑的樣子
4　めそめそ：低聲哭泣的樣子

㉓　2　**許多人接受佛教的教誨。**
1　學習
2　教誨
3　（無此字）
4　話題

難題原因

⑯：
● 選項 4「空く」（すく）是指「有空位、數量減少」的意思。

● 「空く」的常見表達為：「電車が空く」（電車有空位）。

⑳：
● 屬於「擬聲擬態語」的考題，4 個選項的「擬聲擬態語」都有難度。
● 而且這種考題最大的困難點在於即使知道其中一兩個「擬聲擬態語」，也未必有助於答題。因為考點可能剛好在你所不知道的選項。

㉒：
● 屬於「擬聲擬態語」的考題，4 個選項的「擬聲擬態語」都有難度。
● 選項 2、3 字形非常相似，容易混淆。但是意思完全不同，務必要能清楚區分。

4　㉔　3　**寄った —— 順路去**
1　靠近
2　躲藏
3　順便去
4　特地去

㉕　4　**とうとう —— 終於、最終**
1　簡單地
2　急忙地
3　慢慢地
4　最後

㉖　1　**わかす —— 燒開、燒熱**
1　加熱
2　倒入
3　冷卻
4　放好

㉗　2　**からい —— 嚴格的**
1　溫柔的

71

言語知識（文字・語彙）

2 嚴格的
3 有趣的
4 獨特的

㉘ 1 **あいにく —— 遺憾**
1 很遺憾的是…
2 很高興的是…
3 正如…所想的
4 預料之外的

> **難題原因**
>
> ㉗：「からい」除了「辣的」，還有「嚴格的」的意思。可能很多人不知道這種用法。
>
> ㉘：「あいにく」（遺憾）屬於中高級日語的字彙，課本未必經常出現，但日本人普遍使用。

㉛：「はやまる」是屬於中高級日語的字彙，可能很多人不知道正確意思和用法。

5

㉙ 1 **そこそこ —— 一定的水準**
他不是最好的，但是以一定的水準活躍著。

㉚ 3 **支度 —— 準備**
準備外出。

㉛ 1 **はやまる —— 倉促、輕率**
這個問題還可以挽救，所以不可以倉促行事。

㉜ 4 **通り —— 按照…**
按照感受到的東西去寫心得。

㉝ 3 **写す —— 抄襲**
他的論文是抄襲我的論文。

> **難題原因**
>
> ㉙：「そこそこ」的意思比較抽象，不容易掌握真正含意，但是日本人經常使用。

言語知識（文法）● 読解

1

① 1 **從她的舉止來看，我想她是真的不知道。**
　1 …からすると：從…來看
　2 …から聞くと：（無此用法）
　3 …まですると：甚至做到…的話
　4 …ではないので：因為不是…

② 3 **學費我會自己賺，所以請讓我去唸大學。**
　1 行ってください：請去
　2 行かないでください：請不要去
　3 行かせてください：請讓我去
　4 行かせないでください：請不要讓我去

③ 2 **據說劍齒虎甚至打倒了大象。**
　1 …から：從…
　2 …さえ：甚至…、連…
　3 …みたいに：像…一樣地
　4 …ほど：…的程度

④ 1 **沒有時間了，雖然人很多，還是搭快車比較好。**
　1 急行で行った方がいい：搭快車去比較好
　2 行かない方がいい：不要去比較好
　3 行っている方がいい：（無此用法）
　4 行かなかった方がいい：（無此用法）

⑤ 2 **我對那個人有意。**
　1 気になる：在意（正確接續應為「名詞＋が＋気になる」）
　2 …に気がある：對…有意
　3 …気がした：覺得…
　4 …気がしない：沒有特別想做…（正確接續應為「動詞原形＋気がしない」）

⑥ 3 **因為錄取了第一志願的學校，其他的大學怎樣都無所謂。**
　1 なんでもいい：什麼都可以
　2 どれでもいい：哪個都可以
　3 どうでもいい：怎麼樣都無所謂
　4 いつでもいい：何時都可以

⑦ 2 **仔細想想，這個價格太高了。**
　1 考えてみるとき：試著思考的時候
　2 考えてみれば：仔細想想的話
　3 考えみそうな：似乎會想想看的
　4 考えてみてから：試著思考之後，再做…

⑧ 2 **價格雖然貴了點，但是好吃得有那個價值（所以沒有不滿意）。**
　1 安いが：雖然便宜，但是…
　2 高いが：雖然貴，但是…
　3 安いのに：明明便宜，卻…
　4 高いのに：明明很貴，卻…

⑨ 1 **即使提出藉口，也馬上會露出破綻。**
　1 言い訳しても：即使提出藉口，也…
　2 言い訳しないで：不要提出藉口
　3 言い訳したくて：想要提出藉口
　4 言い訳しないから：因為不提出藉口

⑩ 4 **這一仗沒有打贏，就無法進入決賽。**
　1 勝つと：贏的話，就…
　2 勝ったら：贏的話，就…
　3 勝たなくても：即使不贏也…
　4 勝たなくては：不贏的話，就…

⑪ 4 **比賽以9比2獲得壓倒性勝利。**
　1 …は圧勝した：…獲得壓倒性勝利（「は」前面的主詞必須是「人」）
　2 …が圧勝した：…獲得壓倒性勝利（「が」前面的主詞必須是「人」）
　3 …も圧勝した：…也獲得壓倒性勝利（「も」前面的主詞必須是

73

言語知識（文法）• 読解

「人」）

4 …で：以…的結果

⑫ 4 這家店的東西又便宜又好吃。
1 安いから：因為便宜
2 安いので：因為便宜
3 安かったら：便宜的話
4 安い上に：不僅便宜，而且…

⑬ 1 我覺得明天可能會是好天氣。
1 …になりそう：可能會變成
2 …になるそう：聽説會變成…
3 …になるかも：也許會變成…
（「かも」必須放在句尾）
4 …になるかな：是否會變成…
（「かな」必須放在句尾）

難題原因

⑥：
● 選項 1、2、3、4 在文法接續上都正確，但是從句意邏輯來看，選項 3 才是正確的用法。
● 「どうでもいい」（怎麼樣都無所謂）對 N3 來説算是偏難的用法。

⑦：
● 「考えてみれば＋…は高い / よくない / 危ない」（仔細想想，…是貴的 / 不好的 / 危險的）是表示「個人感想」的慣用表達，必須理解正確意思才能作答。
● 這個用法對 N3 來説算是偏難的。
● 「考えてみれば」前面通常省略了「よく」（仔細地）。

⑧：
● 句中的「その分」是一種非常抽象的日語用法，幾乎無法用中文思維來理解，很難掌握正確用法。

● 提供「その分」的相關用例，讓大家能透過實際用法，體會「その分」的特殊語感：
このコンピューターはぼろいがその分安い。
（這台電腦很爛，但是它有符合爛的程度的便宜（所以並沒有覺得不滿意）。）

⑬：「動詞ます形＋そうだと＋思う」（覺得可能會…）是慣用表達，必須理解意思及用法才可能答對。

2

⑭ 2 最近は ３ レコードや １ CDを
★
４ 買わなくても ２ パソコンで
音楽をダウンロードできる。

最近不用買唱片或CD，也可以透過電腦下載音樂。

解析
● レコードやCD（唱片或CD）
● 名詞＋を＋買わなくても（即使不用買…也…）
● パソコンで音楽をダウンロードできる（可以透過電腦下載音樂）

⑮ 2 同じ ３ 名前の １ 遊びでも ２
★
地域によって ４ ちがう やり
方が存在する。

即使是同樣名稱的遊戲，也會根據地區而有不同的玩法。

解析
● 同じ名前＋の＋名詞（同樣名稱的…）

● 名詞＋に＋よって（根據…）
● ちがうやり方（不同的玩法）

⑯　1　友達の　1 間柄では　3 お金の
4 貸し借りは　2 しないほうが
いい。

朋友之間不要有金錢借貸的行為比
較好。

解析

● 友達の間柄では（在朋友之間）
● お金の貸し借り（金錢借貸）
● …しないほうが＋いい（不要做…比
較好）

⑰　1　使用前によく　2 説明書を　4
読んでください　3 と書いてあ
るのに　1 字が小さすぎて　読
めない。

雖然寫著「使用前請仔細閱讀説明
書」，卻因為字體太小的關係，看
不清楚。

解析

● よく＋名詞＋を＋読んでください
（請仔細閱讀…）
● …と書いてあるのに（雖然寫著…
卻…）
● 字が小さすぎて読めさい（因為字體
太小，看不清楚）

⑱　3　魚には　2 レモンを　4 ふると
3 生臭さが　1 なくなって　お
いしい。

在魚上面灑上檸檬的話，魚腥味就
會不見，變得很好吃。

解析

● …をふると（灑上…的話，就會…）
● 生臭さがなくなる（魚腥味會不見）

難題原因

⑮：
● 要能夠聯想到「同じ～ちが
う～」這種句型結構，才能依序
推斷空格要填入什麼。
● 再從句尾的「やり方」推斷前面
應該放入「ちがう」才吻合文法
接續概念。

⑰：要知道「…のに」（雖然…
卻…）這種「和預期的結果不同，
讓人意外」的用法，才可能答對。

3　⑲　3　1 どうか：表示請求
2 どうも：總覺得（後面接續負面
用法）
3 どうせ：反正
4 どうして：為什麼

⑳　2　1 ありえない：不可能的
2 ありきたり：常見的
3 ありまくり：（無此用法）
4 ありうる：可能的

㉑　4　1 …ことないじゃん：不必要做…
不是嗎？
2 …ときないじゃん：沒有做…的
機會不是嗎？
3 …いみないじゃん：沒有…的意
義不是嗎？
4 知るわけないじゃん：不可能知
道不是嗎？

㉒　1　1 そう考えたほうが：這樣思考比
較… / より：更加…
2 そう考えたひと：這樣思考的人 /
…でも：即使…

言語知識（文法）• 読解

3 そう考えたこと：這麼想的這件事情 / まだ：仍然

4 そう考えたとき：這樣想的時候 / もう：已經

㉓ 4
1 変更やってもらう：（無此用法）
2 変更するともらう：（無此用法）
3 変更されてもらう：無此用法（正確接續應為「AはBにCを変更されてもらう」（A 要讓 B 接受 C 被變更））
4 変更させてもらう：請對方讓我變更

難題原因

㉑：
● 必須知道「ありきたり」的意思和用法，才能正確作答。這是日本人經常使用的字彙。
● 常見的固定用法是「ありきたり＋の＋名詞」。

㉒：
● 必須知道「…ほうが、より…」的意思和用法，才能正確作答。
● 這裡的「より」是表示「更加…」的意思。

4

(1)
㉔ 4 **人會感到苦惱的事情大致上是一樣的。**

題目中譯 根據上述文章內容，以下何者可以視為結論？

(2)
㉕ 2 **戀愛賀爾蒙會讓人喪失客觀性。**

題目中譯 以下何者符合本文的論點？

(3)
㉖ 2 **因為肌肉的平衡狀況失衡。**

題目中譯 如果要簡單説明腰痛原因，以下何者是正確的？

(4)
㉗ 3 **配菜直接吃，湯用微波爐加熱後再吃。**

題目中譯 媽媽説晚餐要怎麼吃？

難題原因

㉕：
● 閱讀全文後很難判斷作者的主張到底是什麼。必須一一確認文章中的答題線索，並刪除錯誤選項。
● 文中並沒有提到「戀愛是由於賀爾蒙異常造成的」；也沒有提到「戀愛賀爾蒙會吸引異性」的觀點；也沒有提到不聽別人意見的人容易產生戀愛賀爾蒙，所以選項 1、3、4 都是錯誤的。

5

(1)
㉘ 2 **因為認為自己做不到的心態會阻礙自己。**

題目中譯 作者認為即使努力鍛練肉體也無法超越記錄，為什麼會這樣説？

㉙ 3 **可以做到的自信。**

題目中譯 作者認為為了打破記錄，最重要的事情是什麼？

㉚ 4 **因為那種速度被世界認定是極限。**

題目中譯 作者認為以前的男子世界記錄都還比不過現在的中學女生的記錄，為什麼會這樣説？

(2)

③① 2 **拿捐款的錢來換取名聲，讓自己更有名。**

題目中譯 所謂的「用金錢買名聲」是什麼意思？

③② 3 **因為金錢會隨著名聲而來。**

題目中譯 為什麼會説名人要把捐出去的錢賺回來並非難事？

③③ 4 **因為報導出真實姓名，金錢就會隨之而來。**

題目中譯 捐款並不像是被報導出來那樣的美談，作者為什麼會這樣説？

難題原因

③⓪：

● 閱讀全文後，必須能夠知道作者反覆主張的論點是什麼，才能正確作答。

● 答題關鍵在於「しかし、当時は～壁だったのだ。」這個部分。這裡所説的「壁」是指極限。

③③：

● 閱讀全文後，必須能夠知道作者反覆主張的論點是什麼，才能正確作答。

● 作者想要表達的是「因為捐款會使人出名，金錢也會跟著賺回來，這樣的結果並不能視為美談。」

---

6 ③④ 3 **批判對方，讓對方感到沮喪的言詞。**

題目中譯 所謂的①把自我形象壓扁是指什麼樣的事情？

③⑤ 2 **在良好環境中，比較不容易感受**

到幸福。

題目中譯 ②環境越好，幸福的難度就會提高，這句話如果換成另一種説法，以下何者是恰當的？

③⑥ 4 **因為環境好，就不會從微小的幸福當中感受到幸福。**

題目中譯 針對③「那麼好命的人為什麼會這樣？」這個問題，作者的回答是什麼？

③⑦ 2 **因為周圍的人一樣都是受到眷顧的，無法自覺自己是特別幸福的。**

題目中譯 根據作者的看法，為什麼在環境良好的日本有那麼多人覺得不幸福？

7 ③⑧ 2 **書法和英語會話**

題目中譯 健四郎要在這裡面選出兩個課程，想要學習一週三天以內、一天兩小時以內的課程。他星期一到星期五，從早上到下午三點左右學校都有課，預算在15000日圓以內。以下何者符合他的條件？

③⑨ 2 **書法和料理**

題目中譯 學了半年之後，健太郎因為打工開始教授空手道，沒有資金的問題了。因為打工很累，所以這次要選一週兩天以內、一次兩小時以內的。打工的時間是星期二、四、六晚上九點到十一點。以下何者符合這次的條件？

聴解

1

1番——4

調理師が、アルバイトの山田さんに指示をしています。山田さんは、まず何をしなければなりませんか。

男 山田さん、この豚肉を小さく切ってくれないかな。

女 このぐらいの大きさでいいですか。

男 うん、いいよ。じゃ、お願いね。その次に、このパセリを刻んでくれないかな。

女 それはもう作ってあります。これぐらいあれば、足りますよね。

男 あ、じゃいいよ。その次にこの魚をオリーブオイルに浸しておいてね。

女 ここにあと少しあるんですが。

男 足らないな。あと何個か作っておいて。それから、焼肉のたれはまだあるかな。

女 少しありますが。

男 いつもならこれぐらいあればいいんだけど、今日はお客さんが多いだろうから、もうちょっとあったほうがいいなあ。あとでこれ買ってきてね。頼んだよ。

女 はい。

山田さんは、まず何をしなければなりませんか。

解析

- パセリ（香芹、洋香菜）
- オリーブオイルに浸しておいてね（先浸泡在橄欖油裡面）
- たれ（調味料、沾醬）
- いつもならこれぐらいあればいいんだけど（平常的話這樣就夠了，但是…）

難題原因

- 要注意題目問的是女性必須先做什麼，對話中可能隨時因為某個因素改變動作的步驟，聆聽時一定要將各個細節一一記錄下來才能正確作答。
- 答題的關鍵線索是「じゃ、お願いね。その次に、このパセリを刻んでくれないかな」這句話，表示女性應該要先完成一開始男性叫她做的切豬肉這件事，接下來再做其他事情。
- 女性依序要做的事情是：切豬肉→將魚浸泡在橄欖油裡→買烤肉沾醬。

2番——3

課長と部下が話しています。部下は最後に何をしなければなりませんか。

男 課長、講演会の準備、大変そうですね。手伝いますよ。

女 ありがとう。じゃ、必要なものをこの箱に入れておいてくれる？

男 必要なものは、この紙に書いてあるもの以外にもありますか。

女 パンフレット３００部も用意して。

男 はい。それから、新幹線の手配は済みましたか。

女 あ、まだだ。でも、何時に行くのがいいかはまだわからないから、決まってから自分で取るわ。

男 じゃ、準備ができましたらここに置いておきますので。

女 お願いね。あ、それから、ホテルの予約も頼むね。これは急がないから、ほかの事を先にしてね。

男 はい。

部下は最後に何をしなければなりませんか。

解析
- パンフレット（宣傳用的小冊子）
- 手配は済みましたか（已經安排好了嗎？）
- 決まってから自分で取る（決定之後再自己去拿）
- 男性依序要做的事情是：準備 300 份宣傳用的小冊子→將需要的東西裝入箱子→預約飯店

3番—2

店長と店員が話しています。店員はまず何をしなければなりませんか。

男 洗剤のパッケージの裏側にこのシールをはってくれないかな。

女 はい。この小さいシールが隠れてもいいんですか。

男 あ、言い忘れてた。その小さいシールを剥がして、そこにシールをはってほしいんだ。それから、できたのはここの箱に入れてね。

女 箱がいっぱいになったら、どうするんですか。

男 箱がいっぱいになったら、箱のふたに印を付けてから倉庫に持って行って。

女 はい。それでその洗剤はどこにあるんですか。

男 店の裏側にあるから、持ってきて。

店員はまず何をしなければなりませんか。

解析
- パッケージ（包装盒）
- シール（貼紙）
- 隠れてもいいんですか（可以藏在下面嗎？）
- その小さいシールを剥がして（撕下小的貼紙）
- 箱がいっぱいになったら（箱子堆滿的話）
- 印を付けて（做記號）
- 女性依序要做的事情是：去店裡面拿洗潔劑→將包装盒內側的小貼紙撕掉→貼上洗潔劑的貼紙→將包装盒裝入箱子裡→箱子堆滿時在箱子的蓋子上做記號再拿到倉庫。

聴解

4 番——4

<ruby>男<rt>おとこ</rt></ruby> の<ruby>社員<rt>しゃいん</rt></ruby>と <ruby>女<rt>おんな</rt></ruby> の<ruby>社員<rt>しゃいん</rt></ruby>が<ruby>話<rt>はな</rt></ruby>しています。<ruby>二人<rt>ふたり</rt></ruby>はまず<ruby>何<rt>なに</rt></ruby>をしますか。

男 <ruby>今<rt>いま</rt></ruby>から<ruby>取引先<rt>とりひきさき</rt></ruby>に<ruby>持<rt>も</rt></ruby>って<ruby>行<rt>い</rt></ruby>くデータは、ちゃんと<ruby>持<rt>も</rt></ruby>ってきた？

女 あ、まずい。<ruby>忘<rt>わす</rt></ruby>れた。<ruby>会社<rt>かいしゃ</rt></ruby>に<ruby>戻<rt>もど</rt></ruby>ってる<ruby>時間<rt>じかん</rt></ruby>ないなあ。<ruby>自分<rt>じぶん</rt></ruby>のメールボックスに<ruby>入<rt>はい</rt></ruby>っているのを<ruby>使<rt>つか</rt></ruby>おう。

男 そこに<ruby>図書館<rt>としょかん</rt></ruby>があるけど、<ruby>自分<rt>じぶん</rt></ruby>のコンピューター<ruby>持<rt>も</rt></ruby>ってないとネットできないし…

女 だったら、ネットカフェに<ruby>行<rt>い</rt></ruby>こう。

男 でも、この<ruby>辺<rt>へん</rt></ruby>ネットカフェないし。

女 いや、<ruby>駅前<rt>えきまえ</rt></ruby>にあるよ。

男 でも、あの<ruby>場所<rt>ばしょ</rt></ruby>じゃ<ruby>車<rt>くるま</rt></ruby><ruby>止<rt>と</rt></ruby>めれないし。

女 <ruby>大丈夫<rt>だいじょうぶ</rt></ruby>。スーパーの<ruby>駐車場<rt>ちゅうしゃじょう</rt></ruby>に<ruby>止<rt>と</rt></ruby>めれるわ。スーパーで<ruby>買<rt>か</rt></ruby>い<ruby>物<rt>もの</rt></ruby>していれば、<ruby>駐車<rt>ちゅうしゃ</rt></ruby>は<ruby>無料<rt>むりょう</rt></ruby>になるのよ。コーラ<ruby>一本<rt>いっぽん</rt></ruby><ruby>買<rt>か</rt></ruby>ったって<ruby>買<rt>か</rt></ruby>い<ruby>物<rt>もの</rt></ruby>でしょう。

男 そうだね。

<ruby>二人<rt>ふたり</rt></ruby>はまず<ruby>何<rt>なに</rt></ruby>をしますか。

解析
- メールボックス（電子郵件信箱）
- 自分のコンピューター持ってないとネットできないし…（沒有帶自己的電腦就不能上網…）
- ネットカフェ（網咖）

- スーパーで買い物していれば、駐車は無料になるのよ（在超市購物的話，停車是免費的喔）
- コーラ一本買ったって買い物でしょう（買一瓶可樂算是購物對吧？）

5 番——4

<ruby>上司<rt>じょうし</rt></ruby>と<ruby>部下<rt>ぶか</rt></ruby>が<ruby>話<rt>はな</rt></ruby>しています。<ruby>部下<rt>ぶか</rt></ruby>は、<ruby>二番目<rt>にばんめ</rt></ruby>に<ruby>何<rt>なに</rt></ruby>をしますか。

男 ２<ruby>時<rt>じ</rt></ruby>からの<ruby>会議<rt>かいぎ</rt></ruby>の<ruby>準備<rt>じゅんび</rt></ruby>をしてほしいんだけど、<ruby>今<rt>いま</rt></ruby><ruby>手<rt>て</rt></ruby>が<ruby>空<rt>あ</rt></ruby>いてるかな。

女 はい。

男 じゃ、まずこのカタログを１０<ruby>部<rt>ぶ</rt></ruby>コピーしてほしいんだ。それから、<ruby>上半期<rt>かみはんき</rt></ruby>の<ruby>計画<rt>けいかく</rt></ruby>を１０<ruby>部<rt>ぶ</rt></ruby>プリントしてほしい。ファイルは<ruby>会議室<rt>かいぎしつ</rt></ruby>のコンピューターのデスクトップにある<ruby>会議用<rt>かいぎよう</rt></ruby>のフォルダーに<ruby>入<rt>はい</rt></ruby>ってるから。

女 はい、すぐやります。

男 あ、でも<ruby>会議室<rt>かいぎしつ</rt></ruby>は<ruby>鍵<rt>かぎ</rt></ruby>がかかってると<ruby>思<rt>おも</rt></ruby>うから、<ruby>鍵<rt>かぎ</rt></ruby>を<ruby>借<rt>か</rt></ruby>りてこないと。<ruby>鍵<rt>かぎ</rt></ruby>は、<ruby>事務室<rt>じむしつ</rt></ruby>の<ruby>石川<rt>いしかわ</rt></ruby>さんに<ruby>借<rt>か</rt></ruby>りて。<ruby>石川<rt>いしかわ</rt></ruby>さん<ruby>出<rt>で</rt></ruby>かけるみたいだから、<ruby>今<rt>いま</rt></ruby>すぐ<ruby>借<rt>か</rt></ruby>りに<ruby>行<rt>い</rt></ruby>ったほうがいいよ。

<ruby>部下<rt>ぶか</rt></ruby>は、<ruby>二番目<rt>にばんめ</rt></ruby>に<ruby>何<rt>なに</rt></ruby>をしますか。

解析
- 今手が空いてるかな（現在有空嗎？）

- カタログ（商品目録）
- ファイル（檔案）
- コンピューターのデスクトップ（電腦的桌面）
- フォルダー（文件夾）
- 鍵がかかってる（上鎖）
- 鍵を借りてこないと（必須借鑰匙過來）
- 出かけるみたいだから（因為好像要出門了）

難題原因

- 要注意題目問的是女性要做的第二件事情是什麼，對話中可能隨時因為某個因素改變動作的步驟，聆聽時一定要將各個細節一一記錄下來才能正確作答。
- 女性依序要做的事情是：影印 10 份商品目錄→跟事務室的石川借會議室的鑰匙→去會議室拿存在電腦桌面的會議用文件夾→列印 10 份上半年的計劃。

6 番——4

男の人と女の人が話しています。男の人がうちに帰ってすることのうち、最初の3つは何ですか。

女 普段うちに帰ってからはどんな生活をしてるんですか。

男 ご飯を食べて、お風呂に入って寝ます。

女 ご飯を食べて、お風呂に入って寝るだけですか。

男 そのほかはテレビですかね。

女 運動をする習慣はないんですか。

男 前はうちに帰ってすぐ、自転車で３０分ほど出かけていたんですが…最近は疲れて

いて、まずテレビを見るようになったんです。

女 毎日の生活は大体同じなんですか。

男 ええ、毎日ほとんど同じです。

男の人がうちに帰ってすることのうち、最初の3つは何ですか。

解析

- そのほかはテレビですかね（其他就是看電視吧）
- まずテレビを見るようになったんです（變成先看電視）
- 大体同じ（差不多一樣）
- ほとんど（幾乎）

2

1 番——3

男の人と女の人が話しています。男の人は、このレストランのことをどう思っていますか。

女 昨日の晩のレストラン、おいしかったね。

男 いろんな料理があったよね。高いけど、それだけの価値があるよね。

女 あのふかひれスープ、とてもおいしかったわ。

男 から揚げがカリカリで、あの感触が忘

聴解

られないよ。

女 ステーキがおいしかったわ。いい肉使って
るみたい。

男 それよりもケーキがよかった。あの店のシェフは、ケーキを作るコンテストで優勝
したことがあるみたいだよ。

女 そうね。そういわれれば、ケーキは絶品だ
ったわね。あの店に行くなら、ケーキは絶
対に食べないとね。

男 コーヒーもまあまあだったよ。

男の人は、このレストランのことをどう思っ
ていますか。

解析
- 高いけど、それだけの価値がある（雖然貴，但是貴的很値得）
- ふかひれ（魚翅）
- カリカリ（酥脆）
- 感触（感覺）
- シェフ（主廚）
- コンテスト（競賽）
- そういわれれば（聽你這麼一説）
- ケーキは絶対に食べないとね（蛋糕是非吃不可的）
- まあまあ（還不錯）

難題原因
- 對話內容有許多複雜的表達用法，而且這些用法都是日本人經常使用的。
- 例如男性提到「コーヒーもまあまあだったよ」是表示「咖啡也還不錯」。很多人誤以為「まあまあ」的意思是「還好」（有「不是很好」的含義在裡面），但其實「まあまあ」的意思是正面的，是「很好、很不錯」的意思。

- 也必須學會「カリカリ」（酥脆的樣子）這種「擬聲擬態語」的用法。
- 「絶品」（很棒的東西）也是日本人的常用表達。

2番—1

夫と妻が話しています。夫は、なぜ運動を
始めますか。

女 ダイエットするんじゃなかったの？

男 いや、今日は特別にケーキを食べてもいい
んだよ。明日からまた真面目にやるから。

女 そんなんだから、いつまでたっても痩せら
れないのよ。

男 いやいや、たまには息抜きしないと、続か
ない。

女 いつも、「今日だけは今日だけは」って言
って、最後にはダイエットをあきらめてし
まうじゃない。

男 言われてみればそうだね。

女 あなたは三日坊主なのよ。

男 じゃ、食べるのは仕方ないから、運動を始
めるかな。

女 それがいいかもね。

夫は、なぜ運動を始めますか。

解析
- ダイエット（減肥）
- いつまでたっても痩せられないのよ（不管經過多久都不可能瘦下來喔）
- 息抜きしないと、続かない（不休息一下是無法持續下去的）
- 三日坊主（三分鐘熱度）

3番—1

男の学生と女の学生がアルバイトについて話しています。二人は、どのアルバイトに決めましたか。

女　どのアルバイトにする？

男　ホテルのボーイの募集があるけどどうかな。食事も出るらしいし、適度に暇らしいよ。

女　それより、この喫茶店のレジどうかな。

男　忙しそうだよ。おまけに食事も出してくれないみたいだし。

女　じゃ、この駅のパトロールは？1時間ごとに決まったところを歩くだけ。食事つきよ。

男　食事がついてるのはいいけど、すごく退屈そうだな。

女　引越しセンターのアルバイトは？

男　きついよそれ。

女　きついのも嫌だけど、退屈すぎるのも嫌よ。それと、食事が出るのがいいと思うの。

男　そうだね。じゃ、さっきのにしよう。

二人は、どのアルバイトに決めましたか。

解析
- ボーイ（飯店的服務生；男女服務生都可使用這個字彙）
- 適度に暇らしい（好像也有適度的空間時間）
- レジ（櫃檯收銀員）
- おまけに（而且）
- パトロール（巡邏員）
- 1時間ごとに決まったところを歩くだけ（只要每一小時在固定的地方走動）
- 食事つき（附帶餐點）
- 退屈そうだ（好像很無聊）
- 引越しセンター（搬家中心）

4番—4

男の人と女の人が話しています。引越し料金を安くするコツは何ですか。

女　引越しの料金を抑えたいんだけど、どうしたらいいですか。

男　うちの会社では、畳2畳で高さ1メートル分の荷物が増えるごとに料金が上がるんです。それで、自転車とか植物は上に物が積めないから、料金が高くなる元なんですよ。

聴解

女 なるほど。

男 それから、物は積みやすいように、なるべく箱に詰め込むことですよ。あ、それから、引越しする人が少ない仏滅の日を選ぶのも手かもしれません。業者によっては、仏滅の日には、特別料金を設定しています。

女 そうですか。

引越し料金を安くするコツは何ですか。

解析
- 荷物が増えるごとに料金が上がる（每增加一個行李，費用就跟著增加）
- 料金が高くなる元（費用變貴的原因）
- なるべく（盡量）
- 詰め込む（裝入）
- 仏滅の日（諸事不宜的大凶日）
- 手（方法）

5 番—1

テレビで女の人が化粧品について話しています。美容液は、クリームとどこが違いますか。

女 美容液とクリームの違いは、水分と油分の割合の違いにあります。水分が多いと、滑らかでさらっとした液体になります。クリームが美容液と違いさらっとして

いないのは、油分が多いからです。美容液はさらっとしていて、肌にしみ込むのも速いです。

美容液は、クリームとどこが違いますか。

解析
- クリーム（乳液）
- 割合（比例）
- さらっとした液体（清爽不黏膩的液體）
- 肌にしみ込むのも速いです（滲透進入肌膚也比較快）

難題原因
- 女性的談話中有使用「擬聲擬態語」，擬聲擬態語是比較複雜難以理解的用詞，只能靠背誦去熟悉這些「擬聲擬態語」的含意和正確用法。
- 美容液和乳液主要的差異是水份和油脂的比例。
- 美容液：水份多，是滑潤、清爽不黏膩的液體，而且比較快滲透進入肌膚。
- 乳液：因為油脂比較多，所以不像美容液那麼清爽不黏膩。

6 番—2

男の学生と女の学生が話しています。男の学生は、どれを買うことにしましたか。

男 金魚もいいけど、グッピーもいいなあ。どっちがいいと思う？

女 グッピーは大変よ。しょっちゅう水を替えないと、すぐ病気で死んじゃうから。

男 でも、金魚はあまり卵を産まないから、

なかなか増えないよね。

女　でも、増やすのが簡単でも、すぐ死ぬんじゃ意味ないわ。

男　じゃ、ネオンテトラは？

女　あれは、ヒーターつけないと、冬になったら絶滅よ。毎月かなりの電気代がかかって、嫌になると思うわ。

男　それも困るなあ。じゃ、コリドラスは？

女　大食いでえさやるのが面倒よ。

男　じゃ、増えなくてもいいから、手間のかからないのにしよう。

男の学生は、どれを買うことにしましたか。

解析

- グッピー（孔雀魚）
- しょっちゅう（經常）
- ネオンテトラ（日光燈魚、霓虹燈魚）
- ヒーター（暖氣）
- 絶滅（全部死掉，沒有留下後代）
- かなりの電気代がかかって（要花費不少的電費）
- コリドラス（老鼠魚）
- 大食い（食量很大）
- 手間のかからない（不需要花時間、勞力）

3

1 番—2

男の学生と女の学生が話しています。

女　それなあに？

男　タブレットＰＣ。最新型のコンピューター。

女　小さいね。

男　うん。画面のアイコンをタッチするだけで操作できるんだ。

女　便利ねえ。

男　マウスとキーボードで操作するほうが楽だけどね。でも、どこででも使えるのが長所なんだ。

女　じゃ、ずっとコンピューターの前にいる必要もないのね。

男　そう。料理しながらメールチェックしたり、朝食を食べながら今日の天気を見たり。

女　さくさくと動くの？

男　普通のコンピューターほどじゃないけど、決して遅くはないよ。

聴解

タブレットの利点は何ですか。

1 マウスとキーボードで操作するより楽なこと

2 場所を選ばないこと

3 性能がいいこと

4 料理の写真が撮れること

解析

- タブレットＰＣ（平板電腦）
- 画面のアイコンをタッチする（觸控螢幕的小圖示）
- マウス（滑鼠）
- キーボード（鍵盤）
- どこででも使えるのが長所なんだ（優點是在任何地方都可以使用）
- 料理しながらメールチェックしたり、朝食を食べながら今日の天気を見たり（一邊做菜一邊確認郵件，或是一邊吃早餐一邊看今天的天氣狀況）
- さくさくと動くの？（運作快速嗎？）

2 番──4

テレビで男の人が話しています。

男 人間は、人に呼ばれたときは、すぐその方を向きますよね。猫は、その方を向くとは限りません。耳だけこちらを向けたり、尻尾だけを振ったりして、聞いているという合図をすることがあります。猫は尻尾で返事をしたり、うれしい気持ちを表したり、機嫌が悪いことを表したりします。

猫にとって、尻尾は気持ちを表したり返事をしたりする道具です。尻尾をゆっくり動かしているときは、機嫌がいいときで、尻尾を激しく動かしているときは、機嫌が悪いときです。また尻尾をまっすぐ上に立てて歩いているときは、ご飯をもらいたいときや甘えたいときです。

話の内容に合うものはどれですか。

1 猫に返事をしてやるとしっぽを振り始めることがある

2 猫がしっぽを上に立てているのは聞いているという合図だ

3 猫のしっぽは怒っているときはまっすぐに立っている

4 猫はしっぽで返事をすることがある

解析

- その方を向くとは限りません（不見得會轉向那個方向）
- 尻尾（尾巴）
- 合図（信號）
- 機嫌が悪い（心情不好）
- 機嫌がいい（心情好）
- 甘えたい（想撒嬌）

難題原因

- 雖然從談話中可以逐步知道主題是圍繞著貓搖尾巴所代表的含意，但是因為必須聽完全文，才能知道題目要問什麼。所以一定要邊聽、邊記錄重點，聽完全文和選項後，要一一比對才能正確作答。

- 可以透過刪去法刪除錯誤選項。
- 談話中並沒有出現與選項 1 有關的敘述。
- 選項 2 的後半段與談話內容不符。
- 選項 3 的前半段與談話內容不符。

3番—3

男の社員と女の社員が話しています。

女　メールを書くコツを教えてください。

男　長々と詳しく書いたほうがいいと思う人もいます。しかし実際は、長いメールほどあまり読んでもらえない傾向があります。大事なところだけ飛ばし読みしたり、いつか読もうと思って結局読まなかったりです。

女　では、大事なポイントを押さえて短く簡潔に書くほうがいいんですね。

男　そういうことです。それから、メールの件名に工夫が必要です。普通の件名ではだめです。すぐに読みたくなる件名を考えましょう。

女　そうですね。件名がつまらなそうだと、読みたくなりませんからね。

男　それから、あからさまに宛名だけを変えたようなメールはだめです。すぐに大量に送ったことがわかってしまい、読む気がしなくなります。

女　なるほど。

どんなメールが読んでもらえやすいですか。

1　宛名を変えただけとわかるメール
2　文は長いがせつめいが詳しいメール
3　大事なポイントだけを書いたメール
4　件名が内容に合っているメール

解析

- コツ（訣竅）
- あまり読んでもらえない傾向があります（有讓人不想閱讀的傾向）
- 飛ばし読みしたり（快速地看過去）
- 大事なポイントを押さえて（掌握重點）
- メールの件名に工夫が必要です（必須在信件標題下功夫）
- あからさまに宛名だけを変えたようなメール（顯然只是改變收件人姓名的郵件）
- 読む気がしなくなります（會變得不想閱讀）

4

1番—3

ここはパーティーの会場です。乾杯したいです。何と言いますか。

聴解

1 乾杯してあげますよ。

2 乾杯してもいいですよ。

3 乾杯しませんか。

解析

● パーティー（派對）

● 乾杯したいです（想要乾杯）

● 乾杯しませんか（要不要來乾杯？）

2 番—2

買い物をしてレジでお金を払っています。割引券を使いたいです。何と言いますか。

1 割引券を出してもらえませんか。

2 割引券があるんですが。

3 割引券を使いませんか。

解析

● レジ（結帳櫃檯）

● 割引券を使いたいです（我想使用折價券）

● 割引券があるんですが（我有折價券）

● 割引券を使いませんか（你要使用折價券嗎？）

難題原因

● 可能會有人選擇選項 3「割引券を使いませんか。」但是這個說法是詢問對方「你要不要用折價券？」。

3 番—2

男の人は女の人の上司です。女の人にあ

る仕事を頼みたいです。何と言いますか。

1 ある仕事を頼まれたいんだけど、いいかな。

2 ある仕事を頼みたいんだけど、いいかな。

3 ある仕事を頼まれたんだけど、いいよね。

解析

● …を頼みたいです（想要託付…）

● いいかな（可以嗎？）

4 番—1

おなかのマッサージをしました。次は背中をマッサージしようと思います。何と言いますか。

1 じゃ、次は背中行きますよ。

2 じゃ、次は背中のマッサージお願いします。

3 じゃ、次は背中頼みますよ。

解析

● マッサージ（按摩）

● 次は背中行きますよ（接下來要到背後囉）

5

1 番—3

女　ミルクをもう少し入れてもらえませんか。

男　1　いいえ、ミルクはあまり好きじゃないんです。
　　2　はい、どうぞ。
　　3　はい、このぐらいでいいですか。

中譯
女　可以再多加一點牛奶嗎？
男　1　不，我不是很喜歡牛奶。
　　2　好的，請用。
　　3　好的，這樣可以嗎？

解析
● もう少し（再一點點）

難題原因
● 雖然是簡單的常用表達，但可能很多人不清楚「動詞て形＋もらえませんか」的正確用法。
● 「動詞て形＋もらえませんか」是詢問對方可不可以幫忙做某件事的請求用法。

2 番—2

女　おかしいなあ。山田君、そろそろ来るはずなのに。

男　1　もう来てるなんて変だね。
　　2　変だね。電話してみたら。
　　3　来てる。おかしいなあ。

中譯
女　真奇怪啊，照理說山田應該差不多要來了啊。
男　1　人已經來了，真是奇怪了。
　　2　真是奇怪了，打電話問問看吧。
　　3　人來了。真是奇怪了。

解析
● …はずなのに（照理說應該…）

3 番—1

女　明日は仕事があると思ってたんだけどね。

男　1　じゃ、一緒に遊びに行こう。
　　2　大変だね。明日も仕事。
　　3　じゃ、仕事休んだら？

中譯
女　我本來以為明天有工作要做的。
男　1　那麼，就一起去玩吧。
　　2　真是辛苦啊。明天還要工作。
　　3　那麼，就請個假吧？

解析
● …と思ってた（本來以為…）

難題原因
● 雖然是簡單的常用表達，但可能很多人不清楚「…と思ってた」的正確用法。
● 「…と思ってた」使用過去式的字尾變化，意思是「原本以為…但現在已經不是那樣」。句尾的「んだけど」呈現出「但…」的語氣轉折。

聴解

4 番—1

男 せっかく準備したのに、雨で中止になっちゃったよ。

女 1 それは残念ね。
　　2 よかったね。
　　3 大丈夫だよ。

中譯

男 好不容易準備好了，卻因為下雨而中止了。
女 1 真是可惜啊。
　　2 太好了。
　　3 沒問題的。

解析

● せっかく（好不容易…）

5 番—2

女 雨だから、行くのやめようよ。

男 1 うん。雨の日がいいと思う。
　　2 うん。晴れてるときに行こう。
　　3 うん。もし雨が降ったらやめよう。

中譯

女 下雨了，所以不要去了吧。
男 1 嗯，我覺得下雨天很好。
　　2 嗯，等放晴了再去吧。
　　3 嗯，如果下雨的話就取消吧。

解析

● もし（如果）

6 番—2

男 今年の夏は日本に行きたいなあって思ってるんだ。

女 1 予定はいつからいつまで？
　　2 決まったら教えてね。
　　3 何月何日から行くの？

中譯

男 今年夏天想去日本。
女 1 預定計畫是從什麼時候到什麼時候？
　　2 決定了要告訴我喔。
　　3 幾月幾號要去呢？

解析

● 動詞たい形＋なあって思ってるん（想做…；只是想做…而已，沒有真的計劃要做）

難題原因

● 此題在測驗語言使用上很細微的語感。
● 「動詞たい形＋なあと思っている」和「動詞たい形＋と思っている」都是「陳述想做…，但沒有真的計劃要做」的慣用表現。
● 此題的「行きたいなあって思ってる」省略了「ている」的「い」，並將「と」改為用法相同的「って」。

7 番—3

女 彼に他の彼女がいたなんて…

男 1 昔のことでしょ。気にしなくていいと思うよ。

2 でも今はもういないんでしょう。

3 ひどい話だね。

中譯

女 沒想到他竟然有其他的女朋友…

男 1 那是以前的事了吧？我想妳不用太在意的。

2 可是，現在已經沒有了吧？

3 真過份啊。

解析

● ひどい（過份）

8 番—1

男 今日行こうと思ってたんだけどね。天気が

ね。

女 1 じゃ、また今度だね。

2 じゃ、一緒に行こう。

3 今日はいい天気だよね。

中譯

男 本來想今天去的，但是天氣狀況…

女 1 那麼，下次再去吧。

2 那麼，一起去吧。

3 今天天氣真是好呢。

解析

● 動詞意向形＋と思ってた（本來打算做…）

言語知識（文字・語彙）

1

① 3　火災──かさい

② 1　加工──かこう

③ 3　支度──したく

④ 4　捉えて──とらえて

⑤ 1　花粉──かふん

⑥ 3　待望──たいぼう

⑦ 1　宅配──たくはい

⑧ 1　買収──ばいしゅう

> **難題原因**
>
> ③：「支度」（したく：準備）和「準備」（じゅんび）的意義很類似，可能很多人覺得學了「準備」這個字彙就很夠用，就沒有再多學「支度」。其實「支度」是日本人的常用字彙。
>
> ④：
> - 屬於中高級日語的字彙，可能很多人不知道如何發音。
> - 「特徴を捉える」（掌握特徵）為慣用表達。

2

⑨ 2　入院してすっかり回復した。
住院之後已經完全康復了。

⑩ 4　彼女は仮病で休もうとした。
她打算裝病請假。

⑪ 4　彼女はミスしたのに澄ました顔をしている。
她明明犯了錯，卻裝出若無其事的表情。

⑫ 4　ホテルに泊まった。
投宿飯店。

⑬ 1　バイクの故障を直す。
修理摩托車的毛病。

⑭ 1　ロッカーの鍵を無くした。
弄丟置物櫃的鑰匙。

> **難題原因**
>
> ⑪：
> - 「澄ました顔」（若無其事的表情）是固定用法，屬於中高級的常用表達，可能很多人不知道漢字寫法。
> - 相似說法是「平気な顔」（冷靜的表情）。

3

⑮ 3　把文字輸入電腦裡。
1　進口
2　注入
3　輸入
4　壁櫥

⑯ 4　課長緊貼不離的進行性騷擾，很討人厭。
1　サラサラ：乾燥清爽的樣子
2　こねこね：搓揉的樣子
3　ぐちぐち：囉囉嗦嗦的樣子
4　ベタベタ：糾纏、緊貼不離的樣子

⑰ 1　她是不會在意小事情的類型（的人）。
1　類型
2　團體
3　分類
4　心情

⑱ 3　明明已經60歲了，卻有著濃密的黑髮，看起來很年輕。

1　ふわふわ：柔軟、軟綿綿的樣
　　子
2　べとべと：黏糊糊的樣子
3　ふさふさ：濃密、茂密的樣子
4　もさもさ：草木生長雜亂的樣
　　子

⑲　4　**這間鬼屋設計得很好，氣氛讓**
　　　人感覺很詭異。
　　1　不穩定
　　2　不愉快
　　3　不可思議
　　4　詭異、令人害怕的

⑳　2　**把線穿過針眼。**
　　1　交付
　　2　穿過去
　　3　放入
　　4　戴上

㉑　2　**試著在便當內容上花一點心**
　　　思。
　　1　手工、勞作
　　2　工夫をする：下功夫、花心思
　　3　創意
　　4　考察

㉒　4　**努力後，成績進步了。**
　　1　攀爬
　　2　轉彎
　　3　跳躍
　　4　進步、增加

㉓　3　**他參加網球社的動機不純潔。**
　　1　簡單的
　　2　繁雜的
　　3　不純潔的
　　4　沒有琢磨的

難題原因

⑯⑱：
● 屬於「擬聲擬態語」的考題，4
　個選項的「擬聲擬態語」都有難
　度。
● 而且這種考題最大的困難點在於
　即使知道其中一兩個「擬聲擬態
　語」，也未必有助於答題。因為
　考點可能剛好在你所不知道的選
　項。

⑲：對 N3 程度來說，選項 4「不
気味」（詭異、令人害怕的）是較
高階的字彙。如果日語能力沒有達
到某種程度，應該很少接觸到。

4　㉔　3　**ながめる ── 凝視**
　　1　拍照
　　2　畫畫
　　3　集中精神去看
　　4　寫文章

㉕　2　**寝過ごした ── 睡過頭**
　　1　玩樂過生活
　　2　很晚起床
　　3　早睡
　　4　早起

㉖　3　**かかわらない ── 不要有牽連**
　　1　不結婚
　　2　不要交談
　　3　不要有關係
　　4　不要改造

㉗　3　**思いがけず ── 意外的、預料**
　　　不到的
　　1　正如…所想的
　　2　如同期望的
　　3　偶然地
　　4　愉快地

言語知識（文字・語彙）

㉘ **3　うとい ── 不了解**
　1　討厭
　2　很了解
　3　不了解
　4　非常喜歡

> **難題原因**
>
> ㉔：
> - 「ながめる」（凝視）對 N3 來說，是屬於較難的字彙。
> - 選項 3「じっと見る」的「じっと」（凝神、集中精神）屬於「擬態語」，也算是有難度的用語。
>
> ㉖：「かかわる」（有牽連）對 N3 來說，是屬於較難的字彙。

> ㉜：
> - 「うるさい」除了「囉嗦的、煩人的」，還有「挑剔的」的意思。可能很多人不知道這種用法。
> - 「名詞＋に＋うるさい」表示「對…很挑剔」。

5

㉙ **1　取り次ぐ ── 轉接**
　請把電話轉接給社長。

㉚ **2　なるべく ── 盡可能**
　盡可能不要搭電梯，用走的。

㉛ **3　乗り越える ── 克服**
　克服障礙成長。

㉜ **2　うるさい ── 挑剔的**
　我對穿的衣服很挑剔。

㉝ **4　裏 ── 背面**
　名片的背面有寫著地址。

> **難題原因**
>
> ㉛：「乗り越える」是屬於中高級日語的字彙，可能很多人不知道正確意思和用法。

言語知識（文法）● 読解

1

① 2 **根據氣象預報，明天好像會放晴。**
1 …になれば：變成…的話
2 …によれば：根據…的話
3 …にすれば：從…立場來看的話
4 …にくれば：（無此用法）

② 1 **「這家店的東西一律100日圓嗎？」**
「是的，所有東西都是100日圓。」
1 みんな：所有、全部
2 みんなで：大家一起做…（後面接續動詞）
3 だれも：誰也…
4 いっしょに：一起

③ 3 **眼前是一片一望無際的藍色海洋。**
1 どこからも：從哪裡都…
2 いつからも：從什麼時候都…
3 どこまでも：無論到什麼地方都…
4 いつまでも：永遠

④ 3 **讓對方費心的話很不好意思，所以我要提早離開。**
1 気を使って：費心
2 気を使われて：被對方費心
3 気を使わせて：讓對方費心
4 気を使わなくて：不要費心

⑤ 3 **從職員的立場來看，薪水當然給得越高越好。**
1 …によれば：根據…的話
2 …にくれば：（無此用法）
3 …にすれば：從…立場來看的話
4 …にみれば：（無此用法）

⑥ 1 **上了詐欺買賣的當。**
1 …に引っ掛かった：上…的當
2 …に引っ掛けた：無此用法（正確接續是「AはB＋を＋引っ掛けた」（A騙B上當））

3 …に引っ掛けさせられた：無此用法（正確接續是「AはBに引っ掛けさせられた」（A被B逼去騙人上當））
4 …に引っ掛けさせた：無此用法（正確接續是「AはB＋を＋引っ掛けさせた」（A要B上當））

⑦ 1 **請先買餐券，再到烹調處拿料理。**
1 まず：首先
2 あと：之後
3 いつ：什麼時候
4 どうにか：總算

⑧ 3 **說到正月，就聯想到年糕。**
1 …と言っても：即使說…也…
2 …と言う：叫做…
3 …と言ったら：說到…的話，就…
4 …と言っては：後面要接續禁止用法，常用表達是「…と言ってはいけません」（不可以說…）

⑨ 4 **這個玩具是前天才買的。**
1 動詞た形＋ところ：剛做完…（必須用於「經過時間是不久的」，例如五分鐘之內的）
2 動詞た形＋まで：（無此用法）
3 動詞た形＋だけ：只是做…
4 動詞た形＋ばかり：剛做完…（可以用於「心裡上覺得經過時間是不久的」）

⑩ 2 **如果不嫌棄的話，請拿起來看。**
1 よろしいけれど：可以，但是…
2 よろしければ：如果不嫌棄的話
3 よろしいのに：明明是可以的，但是…
4 よろしいとき：可以的時候

⑪ 1 **難不成你是那個名人？**
1 もしかして：難不成
2 どうかして：瘋了、不正常

言語知識（文法）● 読解

3 なんかして：（無此用法）

4 どうしてか：不知道為什麼

⑫ 3 **鎖壞了，被關在廁所裡。**

1 閉じ込めた：正確接續是「名詞
＋を＋閉じ込めた」（把…關在
裡面了）

2 閉じ込めされた：（無此用法）

3 閉じ込められた：被關在裡面了

4 閉じ込めさせた：正確接續是「A
はBにCを閉じ込めさせた」（A
叫 B 去把 C 關在裡面）

⑬ 1 **想要別人確認一下庫存的狀況變
成怎樣。**

1 どうなっているか：變成怎樣

2 どうしているか：怎麼過日子
呢？

3 なにしているか：正在做什麼
呢？

4 どのような：怎麼樣的

難題原因

⑵：

● 「みんな」可以指「人」，表示
「大家」；也可以指「物」，表
示「所有的東西」。

● 選項 2「みんなで」（大家一起
做…）是陷阱，要能夠分辨「み
んな」和「みんなで」的差異。

⑶：

● 4 個選項是由「どこ」、「い
つ」、「から」、「まで」、
「も」這幾個字彙組合而成的，
文法接續都正確，但有些字意並
不符合邏輯。

● 必須掌握「どこ」（哪裡）、
「まで」（到…）、「も」
（都…）這三個字彙組合後的意
思，才可能正確作答。

⑻：

● 「名詞＋と言ったら＋…」（説
到的話…就…）是慣用表達，必
須理解意思及用法才可能答對。

● 這個用法對 N3 來説算是偏難
的，但屬於日本人的常用表達。

⑾：

● 必須知道「もしかして」（難不
成…、或許…）這種帶有「猜
測、不確定」語氣的用法才能作
答。

● 這個用法對 N3 來説算是偏難
的，但屬於日本人的常用表達。

2

⑭ 2 今はまだ <u>3 覚えていても</u> <u>1
メモして</u> <u>4 おかないと</u> <u>2 あ★
とで</u> 忘れる。

即使現在還記得，如果沒有記錄下
來，之後就會忘記。

解析

● まだ覚えていても（即使還記得）

● メモしておかないと（沒有記錄下來
的話，就會…）

● あとで忘れる（之後會忘記）

⑮ 2 遺伝子を <u>2 たどって</u> <u>3 行く★</u>
<u>と</u> <u>1 全人類</u> <u>4 共通の</u> 母親
は一人しかいない。

如果循著遺傳基因往前追溯，就會
發現全人類共同的母親只有一個。

解析

● 名詞＋を＋たどって行くと（如果追
溯…，就…）

- 全人類共通＋の＋名詞（全人類共同
  的…）

⑯ 3 ネット社会による ＿4＿ 情報の
＿1＿ 発達は ＿2＿ 無名の ＿3＿ 人材の
★
発掘に役立っている。

透過網路社會的發達資訊有助於挖
掘沒沒無聞的人才。

解析
- 名詞＋による（透過…）
- 無名の人材（沒沒無聞的人才）
- 名詞＋の＋発掘＋に役立っている
  （有助於發掘…）

⑰ 4 パソコンは ＿3＿ 便利だが ＿4＿ い
★
きなり ＿2＿ 故障して ＿1＿ データ
が消えてしまうことがある。

電腦雖然方便，但是有時候會突然
故障，導致資料消失。

解析
- いきなり故障する（突然故障）
- 名詞＋が＋消えてしまうことがある
  （有時會有…消失的情形）

⑱ 1 日本では、四月には ＿3＿ 桜が咲
くと ＿2＿ ともに ＿1＿ 新しい ＿4＿
★
年度が 始まる。

在日本，隨著四月份的櫻花盛開，
新的年度就開始了。

解析
- 動詞原形＋とともに（隨著…就…）
- 新しい年度が始まる（開始新的年
  度）

難題原因

⑭：
- 要從「今はまだ～忘れる」了解
  到句子應該是要表達「現在還…
  之後會忘記」，才能推斷第一個
  空格要填入「覚えていても」。
- 還要知道「動詞て形＋おかない
  と」（不做好…的話就…）的用
  法，才能推斷第二個空格和第三個
  空格是「メモしておかない
  と」。

⑱：要知道「動詞原形＋ととも
に」（隨著…就…）這種用法，才
可能答對。

3

⑲ 2 　1 そして：然後
　　　2 だって…だもの：因為…啦
　　　3 さらに：更加
　　　4 しかも：而且

⑳ 3 　1 いまでも：現在仍然
　　　2 なおさら：更加
　　　3 とっくに：早就
　　　4 少しは：一點點

㉑ 4 　1 …ころ：…時候 / …のでも：
　　　　（無此用法）
　　　2 時間點＋までの…：到某個時間
　　　　點的… / …ことで：因為…的原因
　　　3 …みたい：像…一樣（後面接續
　　　　名詞時要用「な」）/ …はず
　　　　で：因為應該…
　　　4 …くらい：…這樣程度的 / …と
　　　　して：假設…

㉒ 2 　1 探し出して：找出來之後再…
　　　2 探し出したら：找出來的話
　　　3 探し出したとき：找出來的時候
　　　4 探し出してから：找出來之後
　　　　再…

言語知識（文法）● 読解

㉓ 1　1 乗せてもらって：請對方讓我搭乘
　　　2 乗ってもらって：請別人為我搭乘
　　　3 乗ったもらって：（無此用法）
　　　4 乗るともらって：（無此用法）

難題原因

㉑：
● 要先判斷空格 a 的部分可以接續什麼，因為前面是「原始人」，所以只能放入選項 3 的「みたい」或是選項 4 的「くらい」。
● 但是因為後面接續的字彙是「の文明」，所以空格 a 只能放入「くらい」。

4

(1)
㉔ 3　因為正向積極地思考，提升了抵抗力。
　　　題目中譯 他的病情完全痊癒的心理因素是什麼？

(2)
㉕ 2　因為販賣時的調理方式很簡單，沒有做對身體有害的加工處理。
　　　題目中譯 為什麼說日本的速食在營養和健康方面比較好？

(3)
㉖ 3　放入洗衣袋，不要和其他衣物一起洗。
　　　題目中譯 這件衣服應該如何清洗才是正確的？

(4)
㉗ 4　在7月底之前回覆（出席意願），在8月12號之前支付紀念品費用。
　　　題目中譯 不參加派對的人，必須做什麼事情？

5

(1)
㉘ 2　雖然都一樣美麗，但是沒有人有「北海道小姐」的風格。
　　　題目中譯 所謂的「大家看來都還是一樣的」，是什麼意思？

㉙ 4　努力讓自己符合職稱。
　　　題目中譯 所謂的「因為有那個」，「那個」是指什麼？

㉚ 3　因為當事人有了自覺。
　　　題目中譯 作者認為，被選為「北海道小姐」的人變得比以前漂亮，為什麼會這樣說？

(2)
㉛ 2　因為看朋友好像很舒服的樣子，覺得很羨慕。
　　　題目中譯 作者為什麼產生想要欺負朋友的心情？

㉜ 1　一旦愛上某個限定的人，其他人就會變得無關緊要。
　　　題目中譯 以下何者最接近「一旦愛上某個人，就完全無視於其他人的存在」的表現方式？

㉝ 3　像太陽一樣，公平地愛每個人的女性。
　　　題目中譯 作者所說的「像太陽一樣的女性」，是什麼樣的女性？

難題原因

㉘：
● 每一個選項都看似正確，很難判斷何者為正確答案。
● 答題關鍵在於「最後まで残った～感じられます。」這個部分，從這段話可以知道「雖然大家都一樣美麗，但是沒有人是特別突出的」，所以正確答案是選項 2。

比較好。最適合林小姐的工作是哪一個？

③⑨ 4 **秋葉電氣**

題目中譯 來自台灣的留學生—陳先生，他是38歲的男性。因為日文已經相當流利，不太需要上課的時間。此外，他的台語當然也是相當拿手的。所以想要做時間自由、盡量是收入很高的打工。適合陳先生的工作是哪一個？

---

6 ③④ 3 **著眼點和操作的差異。**

題目中譯 所謂的①只有那樣的差異是指什麼？

③⑤ 2 **因為是從外觀來模仿，所以要花費時間才能掌握要領。**

題目中譯 文章提到，②變成每個人都可以學會那種技能，但是從過去到現在，許多人都吃過苦才學會技術，作者指的是哪一部分？

③⑥ 3 **在現代，身體方面的開發還是比要領的掌握更困難。**

題目中譯 以下何者不符合作者的論點？

③⑦ 4 **練習的工作幾乎可以一個人獨自進行，不再需要指導者。**

題目中譯 當作者的預測說中時，指導者的立場會有什麼改變？

難題原因

③⑤：
● 閱讀全文後，不容易從文章中找到和問題相關的線索。
● 答題關鍵在於「以前は先生が □〜間がかかった。」這個部分。

③⑥：屬於閱讀全文後，要有能力歸納、並正確掌握作者想表達的重點，才可能答對的考題。文章的閱讀力和理解力都要好。

7 ③⑧ 1 **京美中文學院**

題目中譯 來自北京的留學生—林小姐，她是25歲的女性。老家很富裕，對金錢不是特別在意，想要盡量和很多日本人接觸，所以打算打工。因為上課很忙，所以時間不要太長的

聴解

1

1番—3

美容師と研修生が話しています。研修生は、最後から2番目に何をしますか。

男 山下さん、今日はストレートパーマのかけ方を教えます。

女 はい。

男 まず、髪をぬらして、まっすぐに伸ばしてください。じゃ、やってみてください。

女 こんな感じですか。

男 そうそう。それから、髪にこの1液を付けて、このプラスチックの板に髪をはさんでください。

女 はい。

男 それで、30分待って、2液を付けてください。1液と2液は、パーマを始める前に作っておいてください。

女 はい。

研修生は、最後から2番目に何をしますか。

解析
- ストレートパーマ（離子燙）
- 髪をぬらして、まっすぐに伸ばしてください（請把頭髪弄濕，把頭髮拉直）
- プラスチックの板に髪をはさんでください（請用塑膠板將頭髪夾住）
- 實習生依序要做的事情是：燙髮前先做好燙髮用的藥水→把頭髪弄濕並拉直→淋上第一種藥水→用塑膠板將頭髪夾住→等待30分鐘之後淋上第二種藥水

2番—3

上司と部下が話しています。部下は二番目に何をしますか。

男 明日お客さんが来るんだよ。この商品の商談をしに来るんだけど、この商品について販売台数の実績の資料をまとめておいて。

女 ええと、資料室の奥にある2010年の資料でいいんですよね。

男 いや、会議室に2011年の最新のがあるんだ。それを使って。それで、実績の資料を書いてから、商品の説明も書いておいて。

女 じゃ、まず資料を取ってきます。

男 あ、そうだ。その前に、パンフレット10部用意して。資料室においてあるから。

部下は二番目に何をしますか。

解析
- 実績（實際成果）

- パンフレット（宣傳用的小冊子）
- 部下依序要做的事情是：準備10份宣傳用的小冊子→去會議室拿最新的資料→整理販賣數量的銷售實績→寫商品説明。

3番──2

<ruby>男<rt>おとこ</rt></ruby>の<ruby>社員<rt>しゃいん</rt></ruby>と<ruby>女<rt>おんな</rt></ruby>の<ruby>社員<rt>しゃいん</rt></ruby>が<ruby>話<rt>はな</rt></ruby>しています。<ruby>二人<rt>ふたり</rt></ruby>は<ruby>明日<rt>あした</rt></ruby><ruby>昼食<rt>ちゅうしょく</rt></ruby>の<ruby>後<rt>あと</rt></ruby>、<ruby>最初<rt>さいしょ</rt></ruby>に<ruby>何<rt>なに</rt></ruby>をしますか。

男 <ruby>明日<rt>あした</rt></ruby>の<ruby>工場<rt>こうじょう</rt></ruby><ruby>視察<rt>しさつ</rt></ruby>のことですが、まず<ruby>工場<rt>こう</rt></ruby><ruby>場<rt>じょう</rt></ruby>に<ruby>着<rt>つ</rt></ruby>いたら、<ruby>工場長<rt>こうじょうちょう</rt></ruby>のところに<ruby>行<rt>い</rt></ruby>ってあいさつします。それから<ruby>昼食<rt>ちゅうしょく</rt></ruby>を<ruby>取<rt>と</rt></ruby>って、<ruby>会議<rt>かいぎ</rt></ruby>、<ruby>作業場<rt>さぎょうば</rt></ruby>の<ruby>視察<rt>しさつ</rt></ruby>、<ruby>機械<rt>きかい</rt></ruby>の<ruby>点検<rt>てんけん</rt></ruby>となっています。

女 あ、そのことについてさっき<ruby>連絡<rt>れんらく</rt></ruby>がありました。<ruby>昼食<rt>ちゅうしょく</rt></ruby>の<ruby>前<rt>まえ</rt></ruby>に<ruby>会議<rt>かいぎ</rt></ruby>をすることになったそうです。

男 そのほかは<ruby>変更<rt>へんこう</rt></ruby>ないんですね。

女 それと、<ruby>機械<rt>きかい</rt></ruby>の<ruby>点検<rt>てんけん</rt></ruby>が<ruby>作業場<rt>さぎょうば</rt></ruby>の<ruby>視察<rt>しさつ</rt></ruby>の<ruby>前<rt>まえ</rt></ruby>になったそうです。

男 わかりました。

<ruby>二人<rt>ふたり</rt></ruby>は<ruby>明日<rt>あした</rt></ruby><ruby>昼食<rt>ちゅうしょく</rt></ruby>の<ruby>後<rt>あと</rt></ruby>、<ruby>最初<rt>さいしょ</rt></ruby>に<ruby>何<rt>なに</rt></ruby>をしますか。

解析
- 点検（檢查）
- そのほかは変更ないんですね（其他還有什麼改變嗎？）

難題原因
- 要注意題目問的是兩人明天午餐後要先做什麼，對話中可能隨時因為某個因素改變動作的步驟，聆聽時一定要將各個細節一一記錄下來才能正確作答。
- 答題的關鍵線索有兩點：
(1)昼食の前に会議をすることになったそうです（聽説變成午餐前要先開會）
(2)機械の点検が作業場の視察の前になったそうです（聽説機器檢查改在視察作業區之前）
- 兩人原本的順序是：抵達工廠→和廠長打招呼→拿午餐→開會→視察作業區→檢查機器。
- 兩人更改後的順序是：抵達工廠→和廠長打招呼→開會→拿午餐→檢查機器→視察作業區。

4番──1

<ruby>店員<rt>てんいん</rt></ruby>がアルバイトの<ruby>斉藤<rt>さいとう</rt></ruby>さんに<ruby>指示<rt>しじ</rt></ruby>を<ruby>出<rt>だ</rt></ruby>しています。<ruby>斉藤<rt>さいとう</rt></ruby>さんは、まず<ruby>最初<rt>さいしょ</rt></ruby>に<ruby>何<rt>なに</rt></ruby>をしなければなりませんか。

男 おおい、<ruby>斉藤<rt>さいとう</rt></ruby>さん。スパゲッティーの<ruby>麺<rt>めん</rt></ruby>がなくなったので、<ruby>茹<rt>ゆ</rt></ruby>でてくれ。

女 あ、すぐ<ruby>茹<rt>ゆ</rt></ruby>でます。

男 それから、この<ruby>野菜<rt>やさい</rt></ruby>スープが<ruby>少<rt>すく</rt></ruby>なくなったので、もっと<ruby>作<rt>つく</rt></ruby>ってくれ。

女 はい。

男 まず<ruby>湯<rt>ゆ</rt></ruby>を<ruby>沸<rt>わ</rt></ruby>かして、<ruby>半分<rt>はんぶん</rt></ruby>とってスープを<ruby>作<rt>つく</rt></ruby>ってくれ。その<ruby>余<rt>あま</rt></ruby>った<ruby>湯<rt>ゆ</rt></ruby>でスパゲティーを<ruby>茹<rt>ゆ</rt></ruby>でてくれ。<ruby>一回<rt>いっかい</rt></ruby><ruby>湯<rt>ゆ</rt></ruby>を<ruby>沸<rt>わ</rt></ruby>かして<ruby>両方<rt>りょうほう</rt></ruby>に<ruby>使<rt>つか</rt></ruby>うと、<ruby>時間<rt>じかん</rt></ruby>を<ruby>節約<rt>せつやく</rt></ruby>できるだろう。

聴解

女 はい。

男 あ、それから、お皿がたまってきたんで、洗ってくれ。お湯を沸かしている間にできるだろ。

女 はい。

斉藤さんは、まず最初に何をしなければなりませんか。

> [解析]
> ● スパゲッティー（義大利麵）
> ● 一回湯を沸かして両方に使うと、時間を節約できる（煮一次水用在兩種地方的話，可以節省時間）
> ● お皿がたまってきた（盤子堆了不少）
> ● 斉藤依序要做的事情是：將水煮沸→清洗盤子→煮沸的水一半用來煮義大利麵，一半用來做蔬菜湯。

5 番——4

医者と男の人が話しています。男の人はどんなスポーツをしてもいいですか。

女 運動はしていますか。

男 ええ、してますよ。週に2回バスケットボールをしているんですが、やらないほうがいいですかね。

女 関節をいためるといけないので、あまり激しいスポーツはしないほうがいいですよ。

男 バレーはどうですかね。

女 うーん、ちょっと激しすぎますね。

男 卓球はどうですかね。

女 卓球は激しいうちに入らないと思いますよ。

男 野球はどうですかね。

女 ちょっと関節によくないでしょうね。

男 バドミントンは、どうですか。

女 足に負担をかけないように気をつけてやればいいと思います。

男の人はどんなスポーツをしてもいいですか。

> [解析]
> ● 関節をいためるといけないので（因為怕傷到關節）
> ● 激しいスポーツ（激烈運動）
> ● バレー（排球）
> ● 卓球は激しいうちに入らないと思います（我覺得桌球不算是很激烈的運動）
> ● バドミントン（羽毛球）
> ● 足に負担をかけないように気をつけてやればいい（不要對腳造成負擔，小心一點的話是可以的）

> [難題原因]
> ● 答題的關鍵線索分散在整篇文章中，要仔細聆聽各個細節並一一記錄下來。
> ● 答題的關鍵線索在於女性説的「関節をいためるといけないので、あまり激しいスポーツはしないほうがいいですよ」（因為怕傷到關節，所以不要做太刺激的運動比較好。）這句話。
> ● 刺激運動像是籃球、排球都不可以做。
> ● 打棒球對關節不太好也不可以做。
> ● 桌球不算是激烈運動，所以可以做。
> ● 羽毛球不要對腳造成負擔，小心一點的話也是可以的。

6 番——4

社長と秘書が話しています。秘書は、どれをどの順番で使いますか。

男 午後から会議なんだ。書類を用意しておいて。このコンピューターのデスクトップにファイルがあるから、それをUSBメモリーに入れて。

女 それだけでいいんでしょうか。

男 それから、どのファイルがどのUSBメモリーに入っているかわかるように、メモを貼り付けて。

女 わかりました。

男 それから、午後の会議、30分ほど遅く始められないか、相手に電話で聞いてみてくれない？

女 わかりました。

秘書は、どれをどの順番で使いますか。

解析
- コンピューターのデスクトップ（電腦的桌面）
- ファイル（檔案）
- USBメモリー（USB 記憶體）
- メモを貼り付けて（貼上便條紙）
- 30分ほど遅く始められないか（可不可以晚大約30分鐘開始）
- 秘書依序要做的事情是：將檔案存入 USB 記憶體→在 USB 記憶體上貼上標示的便條紙→打電話詢問會議參與者可不可以晚 30 分鐘開始。

2

1 番——3

夫と妻が話しています。二人は何を航空便で送りますか。

女 どれを航空便で送って、どれを船便で送る？

男 重い物は船便で送ろうよ。急がないものも、船便で送ろうよ。でも、急ぐものは、重くても航空便ね。

女 このステレオは急ぐ？

男 これ重いけど、早く着いたほうがいいと思うよ。

女 このコンピューターは？けっこう重いけど。

男 あ、それは急ぐから。

女 このコンピューターデスクは？かなり重いよね。

男 急がないよ。

女 この洗濯機は？

男 そんな大きいものはここに置いておくつもりなんだ。

聴解

ふた り　なに　こうくうびん　おく
二人は何を航空便で送りますか。

解析

- ステレオ（立體音響）
- コンピューターデスク（電腦桌）
- ここに置いておくつもりなんだ（打算放在這裡就好了）

難題原因

- 對話中女性針對各項物件詢問男性需要以什麼方式寄出，必須仔細聆聽各個細節才能正確作答。
- 男性提出重的、不急著用的物件都用船運，如果是重的但很急著使用的就用空運。
- 音響和電腦都是重的，但都急著使用，所以要用空運。
- 電腦桌很重但是不急著使用所以選擇船運。
- 另一個答題關鍵是女性詢問洗衣機怎麼辦時，男性所說的「ここに置いておくつもりなんだ」，表示洗衣機打算放在這邊不管它。

おんな　ひと　へや　　　　　じょうたい
女の人の部屋は、どんな状態ですか。

解析

- 真っ先に（首先）
- 決まった時間（固定的時間）
- 急にお客さんが来てもいいぐらいの状態を保っています（保持著就算突然有客人來也不太糟的狀態）
- コツ（訣竅）
- 散らかりやすい（容易放得到處都是）

難題原因

- 答題的關鍵線索分散在整篇文章中，要仔細聆聽各個細節並一一記錄下來，才能抓住全文的重點。
- 答題的關鍵線索在於「急にお客さんが来てもいいぐらいの状態を保っています（保持著就算突然有客人來也不太糟的狀態）這句話，可以推斷出女性的房間是不論什麼時候被客人看到，都不會覺得丟臉的狀態。

2 番—1

ラジオで女の人が話しています。女の人の部屋は、どんな状態ですか。

女　私は、朝は掃除する時間がないので、仕事から帰ってから真っ先に掃除をすることにしています。夜は残業などで決まった時間に掃除をするのは難しいです。でも、毎日少しずつ掃除をして、急にお客さんが来てもいいぐらいの状態を保っています。毎日場所を決めて少しずつ掃除するのがコツです。

3 番—3

おっと　つま　はな　　　　　ふたり
夫と妻が話しています。二人は、どこにテレビを置くことにしましたか。

男　この新しいテレビ、どこに置く？

女　そこの壁のところでいいんじゃない？

男　だめだよ。浴室の近くだから、湿気で壊れちゃうよ。

女　だったら、そこの玄関の近くは？

男　音が漏れて、近所に迷惑じゃない？そこの角に置くっていうのは？

女　部屋の角に集まってみんなでテレビ見る

の？変じゃない？

男 だったら、そこのタンスのそば。

女 これじゃ、テレビ見るとき近すぎて、目が悪くなるわ。

男 だったら、さっきのとこでいいかな。音を大きくしなければ迷惑にはならないから。

二人は、どこにテレビを置くことにしましたか。

解析
- 湿気で壊れちゃうよ（會因為濕氣的關係壞掉喔）
- 音が漏れて（聲音會擴散出去）
- 近すぎて（太靠近）

4 番—2

上司と部下が話しています。上司は、何を怒っていますか。

女 申し訳ありませんが、会計監査の書類をなくしてしまいました。どうすればいいでしょうか。

男 この前出してくれって言ったら、まだ整理中だから待ってくれって言ったよね。その前も同じこと言ってたよね。あれはほんとに整理中だったの？

女 実は、ずっと探してたんですが、見つから

なくて。

男 何でなくしたならなくしたと早く言わないの。早く言っていれば、怒らないのに。誰でもこういう失敗はあるから。

女 他の書類の中にまぎれているんだろうと思って、探してたんです。

男 今度からは、こういうことは早く正直に言ってくれないかな。

女 わかりました。申し訳ありません。

上司は、何を怒っていますか。

解析
- 会計監査（財務監察）
- 他の書類の中にまぎれている（混進其他的資料裡）
- 正直に言ってくれないかな（可以誠實地説出來嗎？）

5 番—1

夫と妻が旅行プランについて話しています。二人は、どのプランに決めましたか。

女 ねえ、フランス行きのツアー、いいの見つけたよ。このAプランとBプラン、どっちがいいと思う？

男 Aプランは安いけど、集合時間が夜中の3時だから時間が有効に使えないし、Bプランは料金の割りに食事がよくないし。

聴解

それだったら、むしろ次のページのプランDのほうがいいと思うけど。

女 確かにプランDの内容はいいけど、料金が高いわ。一番高いじゃない。

男 こっちのほうがいいと思うなあ。せっかくの休みなんだから、高くてもいいから時間が有効に使えて食事もいいのがいいよ。

女 そういわれてみれば、そうよね。じゃ、そうしよう。

二人は、どのプランに決めましたか。

解析

● ツアー（旅行團）
● 料金の割りに食事がよくない（以價錢來説，餐點算是差的）
● むしろ（與其…不如…）
● せっかくの休みなんだから（因為是難得的假期）

6 番—1

男の人と女の人が話しています。二人は、どこで食事することにしましたか。

男 晩ご飯食べに行こうよ。どこにする？

女 北沢屋にしようか。あそこの鍋は大きくておいしいよ。

男 しょっぱいものはどうかなあ。

女 イタリア料理のパパラッチョにしよう。

男 あそこのは、おいしいけど最近いつも食べてるからね。

女 勝田のとんかつおいしいよ。あそこにしようよ。

男 脂っぽいものは避けたいなあ。

女 じゃ、向かいのハンバーガーショップにする？

男 おなかいっぱいにならないよ。

女 じゃ、どこにするの。

男 また今日もあそこにするかな。

女 うん。

二人は、どこで食事することにしましたか。

解析

● しょっぱいものはどうかなあ（鹹的東西不知道到底要不要吃啊；這句話主要是要表達「好像不想吃，又好像可以吃，但不是很想吃」的意思）
● 脂っぽいものは避けたい（想避免吃油膩的東西）
● おなかいっぱいにならないよ（吃不飽）

3

1 番—2

男の人が医者と話しています。

男 最近よく頭痛がするんです。

女 水はちゃんと十分に飲んでいますか。

男 ええ、飲んでますよ。

女 ちゃんと一日三食食べてますか。

男 ときどき忙しいときに、昼ごはんの代わりにお菓子を食べたりしています。

女 それはまずいですよ。血糖値が安定しなくなり、頭痛の原因になることがあります。それから、野菜をたくさん食べていますか。

男 あまり食べていませんね。

女 でしたら、マグネシウム不足もあるかもしれません。

男 突然頭痛になったときは、どうすればいいですか。

女 カフェインをとると、頭痛が和らぐこともあります。コーヒーなどを飲んでみてください。

この男の人は、どんなことをすればいいですか。

1 紅茶をあまり飲まないようにする

2 野菜をたくさん食べる

3 水を飲む量を減らす

4 お菓子を食べないようにする

解析

- ちゃんと一日三食食べてますか（一天三餐都有吃嗎？）
- 昼ごはんの代わりにお菓子を食べたりしています（有時候不吃午餐，改吃點心）
- マグネシウム（鎂）
- カフェインをとる（攝取咖啡因）
- 頭痛が和らぐ（緩和頭痛）

2番—2

夫と妻が話しています。

男 肩が凝ってきた。

女 仕事のしすぎ？

男 そんなことないと思うけど。

女 ずっと机に向かってばかりで、同じ姿勢ばかりなんでしょう。

男 ときには立ち歩いたりもするよ。明日大事なプレゼンあるんだよ。明日のこと考えてたら、なんだか肩が凝ってきて…

女 精神的なものね。あまり考えすぎないようにして、リラックスできることをしたほうがいいわね。

男 じゃ、ギターでも弾くかなあ。

夫は、何が原因で肩が凝っていますか。

1 姿勢の悪さ

2 プレゼンのプレッシャー

3 ギターの弾きすぎ

聴解

4 仕事のしすぎ

解析

- 肩が凝ってきた（肩膀痠痛）
- ときには立ち歩いたりもするよ（有時也會站起來走動啊）
- プレゼン（簡報）
- リラックス（放鬆）
- プレッシャー（壓力）

3番—3

学校の先生が話しています。

女 中学受験の勉強方法は、大学受験とは違います。大学受験の場合は広く勉強しなければなりませんが、中学受験の場合は広く勉強する必要はありません。大学受験の場合は、みんなが解けない問題が解けるかどうかで差が付きます。しかし、中学受験は違います。よく出題される問題を、徹底的に練習すればいいんです。また、同じタイプの問題を何度も繰り返し解くことで、処理能力を上げましょう。中学受験では、問題を解くスピードで差が付くんです。

中学受験の勉強は、どのようにすればいいですか。

1 みんなが解けない問題を解く練習を徹底的にする

2 色々な問題を広く解いて問題を解くスピードを上げる

3 よく出されるタイプの問題を何度も解いてみる

4 出題範囲が広いので、いろいろ勉強しなければならない

解析

- みんなが解けない問題が解けるかどうかで差が付きます（差異在於是否可以解開大家解不開的問題）
- 何度も繰り返し（重覆好幾次）
- 問題を解くスピードで差が付くんです（差異在於解開問題的速度）

難題原因

- 談話主題圍繞著中學應試和大學應試的學習差異，不斷地穿插提出兩者的學習重點。必須仔細聆聽各個細節並一一記錄下來，才能掌握、並歸納兩者的差異點。
- 答題的關鍵線索在於「しかし、中学受験は違います。よく出題される問題を、徹底的に練習すればいいんです。」這個部分。

4

1 番——3

ここは映画のチケット売り場です。席があるかどうか聞きたいです。何と言いますか。

1 席はまだどれも空ですか。

2 席はいま空きますか。

3 席はまだありますか。

解析
- チケット売り場（售票處）
- 席があるかどうか（有沒有座位）

難題原因
- 屬於很自然的日語表達，必須具備日語語感才能選出最自然的答案。

2 番——2

シーソーをしています。今力を入れます。何と言いますか。

1 わっしょい！

2 よいしょ！

3 あいよ！

解析
- シーソー（蹺蹺板）
- 力を入れます（用力）
- わっしょい！（抬神轎時發出的聲音）
- よいしょ！（拿重物時發出的聲音、使勁時所發出的聲音）
- あいよ！（好的，知道了）

難題原因
- 屬於教科書不會出現的感歎詞，但在日常生活中，日本人經常會使用。
- 選項 1 是「抬神轎時」發出的聲音。
- 選項 2 是「拿重物時」或是「使勁時」所發出的聲音
- 選項 3 是回應對方的用語，意思和「はい」相同，通常用於朋友之間。

3 番——1

息子を空港まで見送りに行きました。息子は今から飛行機に乗ります。何と言いますか。

1 気をつけて行ってきてね。

2 気をつけて歩いてね。

3 気をつけて帰ってきてね。

解析
- 見送り（送行）
- 気をつけて行ってきてね（一路小心喔）

109

聴解

4 番—3

ここは図書館の受付です。この本は借りられるものかどうか知りたいです。何と言いますか。

1 この本を借りたらいいですか。
2 この本は、貸してあげますか。
3 この本は、借りられますか。

解析
- 受付（櫃檯）
- 借りられるものかどうか（是不是可以借的東西）
- 借りられますか（可以借嗎？）

5

1 番—3

女 今日はこんなに天気が荒れるなんて…
男 1 普通だよね。
　 2 そんなこと思ってた通りだね。
　 3 そんなこと思いもしなかったね。

中譯
女 今天的天氣怎麼會變得這麼糟糕…
男 1 很正常吧？
　 2 這種事就如預期吧？
　 3 從來沒有想過會這樣。

解析
- 荒れる（天氣變壞）
- 思いもしなかった（沒想過）

2 番—1

男 君がそんなやつだったなんて…
女 1 誤解だよ。
　 2 すごいだろ。
　 3 それほどでもないよ。

中譯
男 沒想到你竟然是這樣的人…
女 1 你誤會了。
　 2 很厲害吧。
　 3 沒那麼嚴重啦。

解析
- 誤解（誤會）

難題原因
- 此題在測驗語言使用上很細微的語感。
- 必須掌握題目中「…なんて」的語意和語感，才能做出正確回應。
- 題目中的「…なんて」含有「不敢相信」的語意。

3 番—3

女 ジュース買ってきてもらってもいいかな。
男 1 いいよ。頼んでみる。
　 2 いいよ。行ってきたら。

3　今<ruby>忙<rt>いまいそが</rt></ruby>しいから、あとでね。

中譯

女　可以請你去買果汁嗎？

男　1　好啊，我拜託看看。

2　好啊，你去看看。

3　我現在很忙，待會兒再去。

解析

● あとで（待會）

4 <ruby>番<rt>ばん</rt></ruby>—3

男　じゃ、またあとでね。

女　1　うん。また<ruby>今度<rt>こんど</rt></ruby>ね。

2　うん。<ruby>明日<rt>あした</rt></ruby>の<ruby>午後<rt>ごご</rt></ruby>2<ruby>時<rt>じ</rt></ruby>に<ruby>会社<rt>かいしゃ</rt></ruby>の<ruby>前<rt>まえ</rt></ruby>で
ね。

3　うん。3<ruby>時間後<rt>じかんご</rt></ruby>に<ruby>会社<rt>かいしゃ</rt></ruby>の<ruby>前<rt>まえ</rt></ruby>でね。

中譯

男　那麼，待會兒見囉。

女　1　嗯，下次再見囉。

2　嗯，明天下午2點在公司前見。

3　嗯，3小時後在公司前見。

解析

● またあとで（待會兒見）

5 <ruby>番<rt>ばん</rt></ruby>—2

女　<ruby>昨日<rt>きのう</rt></ruby>は<ruby>部長<rt>ぶちょう</rt></ruby>に<ruby>飲<rt>の</rt></ruby>みに<ruby>連<rt>つ</rt></ruby>れて<ruby>行<rt>い</rt></ruby>かれて、<ruby>参<rt>まい</rt></ruby>
ったよ。

男　1　<ruby>部長<rt>ぶちょう</rt></ruby>は<ruby>参<rt>まい</rt></ruby>ってるよね。

2　まあ、<ruby>仕方<rt>しかた</rt></ruby>ないよ。

3　それはよかったね。

中譯

女　昨天被部長拉去喝酒，真受不了啊。

男　1　部長很傷腦筋吧？

2　唉，那也沒辦法啊。

3　那真是太好了。

解析

● 連れて行かれて（被帶去）

● 参った（真受不了）

難題原因

● 必須理解發話者的心情，才能做出正確的回應。

● 從「連れて行かれて」（被拉去）和「参った」
（真受不了）這兩個部分可以推斷發話者的心情是覺
得很為難的。

6 <ruby>番<rt>ばん</rt></ruby>—3

男　ちょっと<ruby>車<rt>くるま</rt></ruby>を<ruby>動<rt>うご</rt></ruby>かしてもらえませんか。

女　1　ありがとうございます。<ruby>動<rt>うご</rt></ruby>かしてくれる
んですね。

2　<ruby>大丈夫<rt>だいじょうぶ</rt></ruby>です。<ruby>動<rt>うご</rt></ruby>かしてあげますよ。

3　すみません。<ruby>邪魔<rt>じゃま</rt></ruby>になりましたか。

中譯

男　可以請你稍微挪一下車子嗎？

女　1　謝謝。你要幫我移車喔。

2　沒問題，我幫你移車。

3　對不起，造成你的不便了嗎？

聴解

7 番—2

男 遅くなるときは電話してって言っているじゃない。

女 1 うん。言ってると思うよ。
　　2 ごめん。つい忘れた。
　　3 電話が遅かったの？ごめん。

● 今日中（今天之內）
● 何とかならないかな（有沒有什麼辦法？）

中譯

男 不是跟你説過，遲到時要打電話説一下嗎？
女 1 嗯，我想你有説過。
　　2 對不起，不小心忘記了。
　　3 電話太晚打了嗎？對不起。

解析

● つい忘れた（不小心忘記了）

8 番—1

女 この仕事、今日中に何とかならないかな。

男 1 頑張ってみるね。
　　2 大丈夫。明日できるよ。
　　3 今日やれば大丈夫だよ。

中譯

女 這個工作有辦法在今天之內完成嗎？
男 1 我努力看看吧。
　　2 沒問題。明天可以做好喔。
　　3 今天做的話是沒問題的。

解析

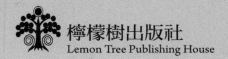

檸檬樹出版社
Lemon Tree Publishing House

勝系列 24

突破等化計分！新日檢N3標準模擬試題
【雙書裝：全科目 5 回 ＋ 解析本 ＋ 聽解 MP 3】

初版一刷　2013 年 9 月 26 日

作者	高島匡弘・福長浩二
封面設計	陳文德
版型設計	陳文德
插畫	南山・鄭岫雯
責任主編	邱顯惠
協力編輯	方靖淳

發行人	江媛珍
社長・總編輯	何聖心
出版者	檸檬樹國際書版有限公司 檸檬樹出版社
	E-mail：lemontree@booknews.com.tw
	地址：新北市235中和區中安街80號3樓
	電話・傳真：02-29271121・02-29272336
會計・客服	方靖淳
法律顧問	第一國際法律事務所 余淑杏律師

全球總經銷・印務代理	知遠文化事業有限公司
網路書城	http://www.booknews.com.tw 博訊書網
	電話：02-26648800　傳真：02-26648801
	地址：新北市222深坑區北深路三段155巷25號5樓

港澳地區經銷	和平圖書有限公司
	電話：852-28046687　傳真：850-28046409
	地址：香港柴灣嘉業街12號百樂門大廈17樓

定價	台幣499元／港幣166元
劃撥帳號	戶名：19726702・檸檬樹國際書版有限公司
	・單次購書金額未達300元，請另付40元郵資
	・信用卡・劃撥購書需7-10個工作天

突破等化計分！新日檢N3標準模擬試題 /
高島匡弘・福長浩二合著. -- 初版. -- 新北
市：檸檬樹, 2013.09
面；　公分. -- (勝系列；24)
ISBN 978-986-6703-71-3 (平裝附光碟片)